# 少年陰陽師

しょうねん おんみょうじ

# 少年陰陽師 拾捌

# 嘆息之雨

## 嘆きの雨を薙ぎ払え

結城光流—著　涂愫芸—譯

# 重要人物介紹

### 藤原彰子

左大臣藤原道長家的大千金，擁有強大靈力。基於某些因素，半永久性地寄住在安倍家。

### 小怪

昌浩的最好搭檔，長相可愛，嘴巴卻很毒，態度也很高傲，面臨危機時便會展露出神將本色。

### 安倍昌浩

十四歲半的菜鳥陰陽師，父親是安倍吉昌，母親是露樹，最討厭的話是「那個晴明的孫子」。

### 六合

十二神將之一的木將，個性沉默寡言。

### 紅蓮

十二神將的火將騰蛇，化身成小怪跟著昌浩。

### 爺爺(安倍晴明)

大陰陽師。會用離魂術回到二十多歲的模樣。

**朱雀**

十二神將之一的火將，使的是柔和的火焰。與天一是戀人。

**天一**

十二神將之一的土將，是絕世美女，朱雀暱稱她「天貴」。

**勾陣**

十二神將之一的土將，通天力量僅次於紅蓮，也是個兇將。

**太陰**

十二神將之一的風將，擅使龍捲風，個性和嘴巴都很好強。

**玄武**

十二神將之一的水將，個性沉著、冷靜，聲音高亢，外型像小孩子。

**青龍**

十二神將之一的木將，從很久以前就敵視紅蓮。他有另一個名字「宵藍」。

**道反女巫**

道反大神之妻，風音之母。送昌浩的丸玉抑制了他體內的天狐火焰。

**風音**

道反大神之女，在深沉的睡眠療癒中，被真鐵奪走了軀體。

**白虎**

十二神將之一的風將，外表精悍。很會教訓人，太陰最怕他。

**茂由良**

灰白色的妖狼，與珂神一起長大，情同兄弟。

**多由良**

灰黑色的妖狼，是茂由良的雙胞胎哥哥。

**真緒**

多由良與茂由良的母親。

**真鐵**

與珂神比古一起長大，是九流族的術士，企圖讓荒魂復活。

**珂神比古**

救了昌浩的少年，是九流族的族長。珂神之名其實另有涵義……

灰白色的尾巴啪噠啪噠地搖晃著。

灰黑狼回過頭，看到在自己稍後方走得搖搖晃晃的弟弟，皺起了眉頭。

「母親不是說你還不能出去嗎？」

啪噠一聲，白色尾巴沮喪地垂了下來，總是直直豎立的耳朵也垮下來，垂頭喪氣的模樣，讓它看起來比平常小了一圈。

它的年紀還很小，這樣看起來就更小了。

「再感冒就不好了，快回去真鐵他們那裡。」

烏黑的雙眼看過來，好像有什麼話要說。

灰黑狼嘆口氣說：

「我會抓你喜歡的兔子回來。」

灰白色的耳朵忽然豎了起來。抬起臉和尾巴的弟弟，開心地笑了。

# 1

它們幾乎是在同一時間誕生的。

灰白狼向來如影隨形，一定會緊跟在自己的稍後方。

因為它是弟弟。

因為自己是哥哥，所以有義務要走快半步，保護蠢到無藥可救，心卻比誰都直率的弟弟。

沒有人要自己這麼做，是自己自然而然就會這麼想。

因為自己是哥哥，雖然出生的時間只差一點點，但是這個差距不但很大，而且很重要。

如同自己會想自己是哥哥，想必弟弟也會因此想自己是弟弟。灰黑狼雖沒確認過，但是靠感覺就知道，不用問就知道。

就這樣，它們的年紀會一起增長，最後在同一個時候結束生命。

自己隱隱這麼想。

「……」

然而，為什麼？

跟自己長得一模一樣，只有毛色不同的狼，為什麼躺在自己眼前？

無力閉著的眼睛，動也不動；微張的嘴巴，已經發不出任何聲音……教自己如何相信呢？

站在旁邊的人，抓住插在灰白色脖子上的兇器。

那是把細細的劍，形狀怪異，細長的劍鍔順著劍身彎曲。

多由良看過這把劍。

是道反聖域陣營的十二神將之一的武器，自己和真鐵曾把她逼到絕境，卻因為有人阻撓，最後沒能殺死她。

多由良目不轉睛地看著弟弟，看著它再也不動的眼睛、嘴巴、前腳與濕透的尾巴。

自己是哥哥，所以有責任要保護天真到有點蠢、又笨拙的弟弟。

就像真鐵賦予自己使命要以全副精神保護大王珂神那樣，保護茂由良也是自己的使命。

當時應該殺了她。

應該殺了手拿這個武器的女人。他們用雷電貫穿她的腹部、擊碎了她的手臂，就是沒有殺死她。

早想到對方會報復。這是戰爭，總有人要犧牲，自己也早有這樣的覺悟，只是被報復的不該是茂由良。

因為自己是哥哥，所以就跟成為玎神盾牌的真鐵一樣，應該是自己成為盾牌，付出生命。

旁邊的玎神使出全身的力氣，拔起插在動也不動的屍體上的筆架叉。

雷電劃過，銀色刀身白光閃閃。

它們曾經許下過承諾。

在很久以前，許下過絕不改變的承諾。

——就這麼說定了哦！我們要永遠在一起，這樣就不會寂寞了。

真鐵、玎神和它們兄弟倆。

要永遠、永遠在一起。

「……——……！」

響起高亢悠遠的狼嗥聲。

在毫不停歇的雨中，傳得又高又遠。

像是緊抓住逝去的生命不放；像是追逐著已然失去的心。

那是無法如人類般哀泣的野獸的慟哭。

「……茂由良……」

微弱的聲音在雨中沉靜地呼喚著。

沒有回應。那個回答的聲音永遠都消失了。

珂神握著武器的手著地，撫摸茂由良的頭。

「你已經不痛了吧？」

被這種東西刺中，一定很痛。茂由良不管多痛，都會笑著說沒關係，所以珂神每次都很擔心它到底有多痛。

被荒魂擊中的腳應該也一直都很痛。背上被雨洗淨的無數傷痕，應該也讓它痛得忍不住慘叫吧！

我會幫你治好，你張開眼睛吧！

——你好厲害啊！珂神。

由衷感嘆的烏黑雙眼閃爍著光芒。

你一定不知道吧？茂由良，你叫我「珂神」而非「大王」的聲音、還有那分心，是如何支撐著我。

下個不停的雨，從臉頰沿著下巴流下來。瞪大的眼睛，動也不動地注視著灰白色的

屍骸。

當珂神說九流族只剩下兩個人時，茂由良曾回他說：還有我們啊！

大王必須保護人民，現在人民卻先走了，大王要為什麼而活呢？

緊握著筆架叉的手指，因為用力過度而發白了。

從懂事前，他就跟狼在一起，情同兄弟。記憶中，灰白狼和灰黑狼總是陪在他身旁，他始終相信，會一直這樣持續到永遠。

冰冷的情感之波，如怒濤般起伏翻攪。

種種感情交雜，轉變成火焰般熾烈。

他緊咬嘴唇，滴下來的雨水，帶著淡淡的紅色。

「──……唔！」

忽然，珂神的肩膀劇烈顫抖。

耳朵深處、大腦裡面，響起可怕的嘶吼聲：

──你要遵守約定。

胸口撲通撲通，產生劇烈脈動。

潛藏在全身血液中的某種東西與那聲音相呼應，欣喜若狂地蠕動著想要爬出來。

心臟怦怦跳得比剛才更劇烈了。

珂神張大的眼睛像冰塊般凍結、龜裂。

——你是珂神比古。

可怕兇猛的蒼古之魂就要擴散到心的每個角落，覆蓋一切。

為了被奪走的大地，為了被奪走的許多生命。

珂神比古必須傳承這分仇恨。

可怕的嘶吼聲冷冷地重複著。

——你是珂神比古。

被奪走的，是一起長大、情同兄弟的生命；被奪走的，是唯一的心靈寄託。

——被剝奪者呀！

八雙紅眼在胸口嗤笑著。

——不要忘了烙印在血與靈魂中的約定。

珂神的肩膀劇烈顫抖著。

心跳撲通撲通加速。

✦　✦　✦

——我好害怕啊！

它這麼說過很多次。

——珂神，我……

它恐懼的雙眼還歷歷在目。

——我還是很怕荒魂……

每次我都會告訴它，不可以說這種話。

然而，事實上……

我也一直——都很害怕。

✦　✦　✦

不時掩蓋雨聲的轟隆雷響，讓彰子嚇得縮起了身體。

好可怕。她害怕的不是打雷，而是彌漫著這片土地的妖氣，還有潛藏在大雨中的可怕妖氣，令她害怕得不知所措。

珂神注視著茂由良，顫抖著肩膀。

彰子默默望著他，突然覺得背脊一陣寒意。

「……唔……」

彰子倒抽了一口氣。就在她的面前，珂神突然站了起來，握著筆架叉的手無力地下垂，眼看著武器就要掉下來了。

好像有什麼東西卡在喉嚨裡，彰子拚命吸氣。

體溫被雨水剝奪的她，全身已經冰冷。然而，止不住的顫抖絕不只是因為寒冷。

「珂……」

才剛張嘴，彰子就慌張地把聲音嚥了下去。

他不是「珂神」。

那麼，該怎麼叫他呢？

珂神回過頭，平靜地對猶豫的彰子說：「我是珂神比古。」

他笑了，眼神無比冰冷。

「但是，我不想讓微不足道的祭品叫我名字。」

彰子屏住了呼吸，原本看著她的珂神，忽然把視線轉向天空。

天空中烏雲密佈。無法從天空的模樣看出現在的時刻，然而，一股不同於白天的陰氣正慢慢擴散開來。

雨勢依然不減，毫不留情地敲打著全身。

打在身上很痛，珂神卻瞇起眼睛，像是享受著被雨水敲打的喜悅。

一直保持沉默的年輕人走向縮成一團、連一根手指都動不了的彰子。

「妳從府邸逃出來了？」

不斷顫抖的彰子抬起僵硬的脖子，看著年輕人。

在府邸跟叫「真赭」的狼對話的人，無疑就是他。

因為被珂神拖著跑而急促、灼熱的呼吸，慢慢緩和下來了，但是，胸口又凝結了無法克制的恐懼。

彰子把嘴巴抿成一條線，什麼也說不出口。她怕隨便說句什麼，都可能大哭起來。

「……」

她眼頭發熱，視野變得模糊，但沒讓眼淚掉下來。

直直看著真鐵的她，下意識地握著左手腕。

那裡什麼也沒有，但指尖還記得那冰冷的觸感，心也像唸著咒文般，不停重複著一個名字。

真鐵單腳跪下，抓住彰子的左手。

「妳逃不了的，妳是讓荒魂永遠留在這片土地上的祭品。」

把彰子強行拉起來後，真鐵瞥過珂神和茂由良，驚訝地睜大了眼睛。

「大王?!」

彰子也訝異地轉向珂神。

低頭看著灰白色屍骸的珂神，正高高舉起了手上的武器。

瞠目結舌的多由良奮力撥開珂神揮下筆架叉的手。

被彈開的筆架叉飛到彰子和真鐵腳邊，插入地面。雷光瞬間閃過，照在銀白色劍身上，形成反光。

多由良看著珂神，雷光照耀下的那張臉，簡直就像陌生人。

「……珂……神？」

你要做什麼？

聽到多由良從喉嚨硬擠出來的話，珂神眨眨眼睛，不高興地說：

「總不能把它丟在這裡吧？再怎麼說都是侍奉過九流族的妖狼屍骸。」

看看插在地上的筆架叉，再看看沉睡般的灰白狼。

多由良突然回過神來。

沒錯，不能把茂由良丟在這裡，要想辦法把它帶回家見母親。

想到母親不知道會有多悲痛，多由良的心就被灰暗、沉重的哀傷緊緊揪住。

正低著頭、垂下眼睛的多由良，耳邊響起冷酷的聲音。

「把它的頭砍下來帶回去就行了，其他的餵野獸吃。」

多由良驚訝得愣住了。

「什麼……！」

多由良反射性地抬起頭，被少年俯瞰著自己的眼神射穿，全身變得僵硬。

那對不帶感情、彷彿無生命的眼眸中，閃爍著近似輕蔑的光芒。

「我珂神比古要親手砍下它的頭，你還有什麼不滿？」

灰黑色的毛劇烈顫動起來，多由良有種自己所站的地方正嘎喳嘎喳瓦解崩潰的錯覺。

珂神瞇起眼睛，泰然自若地微笑著。

「啊……侍奉快滅絕的九流族之妖狼，自己也快滅絕了，難怪會不滿我把屍骸送給野獸。」

「珂……我不敢不滿……」

多由良再也說不下去了，珂神摸摸它的頭，笑意更深了。

「它是侍奉珂神比古的野獸，要慎重處理才行。」

沉穩的聲音，一字一字說得很慢，好像在說給小孩子聽。

珂神摸著自己頭部的手被雨淋得冰冷，但是，那種觸感很親切。珂神和真鐵都常常用手撫摸狼的頭和背，雖然手勢有些笨拙，卻很溫柔。

多由良和茂由良都很喜歡他們這麼做，因為那種感覺就跟自己在他們身上磨蹭一樣。

不停撫摸的珂神，突然抓住了狼的頭。多由良抖動了一下，頭被按住，抬不起來。不只這樣，還有莫名的東西纏住它的四肢，封鎖了它的行動。

動彈不得的多由良隱約聽見了低沉的笑聲。

珂神在笑。

為什麼笑？茂由良、茂由良的屍體就躺在那裡啊！他為什麼笑得出來？

疑惑和焦躁的感覺在胸口蔓延開來，它總覺得不對勁。

珂神按著多由良的頭，環顧四周。

紅色光芒在烏雲中交錯飛舞，那是還未形成實體的八岐大蛇的眼睛。

珂神平靜地、沉穩地、溫柔地說：

「賜給它榮耀吧！」瞇成一條線的眼睛，紅光閃爍，「賜給它成為我們血肉的榮譽——吃了它吧！兄弟。」

飄浮在烏雲中的紅色螢火蟲直視著珂神。

隱藏的蛇體顯現了輪廓，看著灰白色的屍骸，嗤笑起來。

「珂……珂……」

多由良抽搐般喘著氣，才剛開口，珂神就冷冷地對它說：

「你不過是個僕人，也敢反抗我？區區野獸，最好有點分寸！」

他放開僵硬的多由良，低哼了幾聲。

「珂神比古，你解放了我們，我們將實現你的願望。」珂神自言自語般淡淡說著：

「僕人的生命，原本就是微不足道的東西。」

多由良驚訝地張大了眼睛。

從懂事前，它們就跟珂神一起長大，從早到晚都相處在一起，從來沒想過種族的不同。

從古至今，妖狼族都是與九流族一起生活。九流族向來把妖狼當成子民，同等對待；妖狼族也跟九流族的人彼此交談、溝通，並提供協助，就像九流族的同胞。

珂神和真鐵應該也不曾把它們當成僕人。妖狼的直覺比人類靈敏，如果人類是那樣看待妖狼，它們不可能沒有感覺。

珂神把多由良和茂由良都當成了兄弟，儘管彼此的外型不一樣，心卻比誰都接近。

多由良滿心焦躁，胸口撲通撲通跳著。

眼前的人，是珂神比古。

眼前的人，是多由良不認識的珂神比古。

不是那個聽見人家喊他「大王」，就會滿眼落寞的十五歲少年。

在雨中淡淡笑著的珂神的眼睛，是多由良不認識的人的眼睛。

在他拔起插在茂由良脖子上的兇器前，還是一直以來一起成長的那個少年。

為什麼現在會變成這樣？

「……」

這是誰？他不是珂神，是其他人。他有珂神的外表，卻沒有珂神的心。

「區區野獸可以成為我們身體的一部分，是無上的榮耀，你要引以為榮呀！狼。」

「……唔！」

忽然間，多由良怒火中燒。

「榮耀?!什麼榮耀？要我以什麼為榮？我們才不想要那種東西！我們要的只是活

著，然後……」

然後，大家過著祥和的生活，這樣就夠了。

他們喚醒荒魂，希望得到它的力量，是因為他們別無選擇，只有這樣才能完成九流族的誓願，奪回被朝廷搶走的這片土地。

珂神平靜地看著多由良，真的非常平靜，以不帶任何感情的眼神看著慷慨激昂的狼。

這樣過了好一會，等多由良閉上嘴後，珂神才把手伸向插在腰間的武器，說：

「想說的話都說完了嗎？狼。」

多由良猛地倒抽一口氣，下意識地縮起了身子。在珂神雙眼深處點燃的紅光，正好與他沉著的語調相反，愈來愈熾烈。

他的視線離開多由良，轉向了茂由良的屍骸。

「你不准我砍它的頭，也不准我們吃了它，實在太任性了。既然這樣，就讓它歸於塵土吧！」

珂神仰頭朝天，高高舉起了手。

「喂，兄弟啊！」

彷彿是回應他的叫喚。

紅光更加閃耀，從烏雲中央擊落一道雷光。

伴隨著雷鳴的閃電刺入了茂由良倒地的身體。

「——唔！」

多由良慘叫起來。掩蓋住慘叫聲的轟隆巨響震撼大地，火焰瞬間包住了被雷電擊碎的屍骸。

真鐵使盡全力抓住想衝過去滅火的多由良。

「不要這樣，多由良！」

「放開我！茂由良、茂由良會被……」

被火舌舔過的灰白毛逐漸變色，肉體燃燒的臭味在雨中擴散開來。

「茂由良、茂由良、茂由良……！」

多由良拚命掙扎，把腳往前伸，爪子抓過地面，沾滿了泥土。

熊熊燃燒的火焰，很快就被一直下不停的雨澆熄了。

灰燼之中，沒有留下任何可以懷念灰白狼的痕跡。

灰黑狼啞口無言，虛脫地癱坐下來，身體不停地顫抖著。

真鐵放開了多由良，咬住下唇，對珂神說：

「再怎麼樣，這麼做都太過分了吧，珂神！」

脫口而出的不是「大王」這個稱號，而是十多年來的習慣稱呼。

真鐵不由自主地抓住珂神的手，步步逼近，卻被少年的眼神所震懾，屏住了呼吸。

珂神瞪著真鐵，毫不在意地甩開他的手說：

「認清你身為臣子的分際。」

「……唔……」

少年的疾言厲色讓真鐵有如青天霹靂，單腳跪了下來。

望著向自己行禮的真鐵，珂神無動於衷地說：

「小心你說話的語氣……嗯？」

忽然，他像發現了什麼似地，看著真鐵的眼睛細細地瞇了起來。

「……哦，原來如此。」

珂神彷彿有所領悟地微微一笑。真鐵反彈般抬起頭，正要說什麼，就被珂神以眼神制止了。

「既然這樣，我可以允許，但是，以後不准再提什麼人情。」

「……是！」

真鐵低下頭，握起了拳頭。

「我會遵從烙印在我們九流族之血的約定，對祭祀王珂神比古宣示忠誠。」

珂神滿意地點點頭，轉過身去。

視線落在屏息看著事情經過的彰子身上，走向了她。

發不出聲來的彰子肩膀顫動一下，不由得往後退。

但是，僵硬的身體沒辦法使力，腳被泥濘絆住，跪倒在地上。

走過來的珂神，踩住企圖逃跑的彰子的裙子下襬，蹲下來，讓視線與她齊高。

彰子不由自主地往後仰，珂神揪住她的下巴，狠狠地說：

「不要做無謂的掙扎。」

「……」

「妳也不想討打吧？那就別想逃跑。」

手指的力量增強，痛得彰子表情扭曲。

「痛嗎？不用擔心，妳很快就會連這種感覺都沒有了。」

暗暗嗤笑的珂神，眼底閃耀著紅色光芒。

一陣寒顫掠過彰子的背脊——那是多麼冷酷、多麼可怕的光芒啊！

裡面蘊藏的東西，跟飄浮在雲中的紅色螢火蟲一樣。

珂神揚起嘴角，放開彰子，站了起來。

「把這個用來永遠留住荒魂的祭品帶走。」

茫然若失的多由良耳朵動了一下，接著緩緩轉過頭，用毫無感情的眼睛看看彰子，動了起來。

真鐵也聽從珂神的命令，抓住彰子的手，把她拉起來。

「這就是奪命的武器啊……」

珂神喃喃說著，拔起插在地上的筆架叉，插在腰間。

彰子默默看著他的動作。

——彰子的眼睛有點像珂神。

與茂由良之間的最後交談，在耳邊響起。

——他真的很溫柔，笑起來時，眼神很親切呢！

「不對……」

她的喃喃自語被雨聲所掩蓋，沒有人聽見。

彰子低下頭，咬住嘴唇。

不對。

那不是茂由良最喜歡的珂神。

## 2

真赭聽著轟隆隆的雷鳴聲，抖了抖耳朵。

「……」

嘴角動了動，喜形於色。

滿足地點點頭後，它迷濛地瞇起眼睛。

「真正操縱荒魂的珂神比古終於完全覺醒了。」

繼承珂神比古之名的任務，總算完成了。

「太好了。」

真赭的眼睛如水面般平靜。

「茂由良，你是個一無是處的孩子，但是……」

有你在，真的太好了。

◊　◊　◊

有消息傳來，說生產平安，母子都很健康。

那不但是這幾年來不曾誕生過的嬰兒，而且是生在族長家的男孩，這雙重喜訊讓族人們欣喜若狂。

前幾年都住在這棟府邸的真鐵發現自己再來到這裡，竟然有點緊張。

族長和族長夫人對待自己都還是跟以前一樣。他們為扭曲了真鐵的人生感到愧疚，所以對他總是特別費心。

其實，真鐵完全不在意這件事。

既然傳承族長血脈的孩子誕生了，身為旁系、血緣更淡薄的自己就沒有必要繼承王位了，讓直系子孫繼承是最理想的。

真鐵十分敬愛族長夫婦，所以小孩的誕生，他比任何人都開心。

而腳步會如此沉重，是因為他的感覺太敏銳了。

族長夫婦都了解真鐵的個性，知道他不會有二心，知道他是真心為孩子的誕生感到高興。

但是，族長身邊的人都懷疑真鐵的真心。

他們擔心這個原本可以繼承王位的孩子，會與剝奪他權益的直系孩子之間產生嫌隙。

另一方面也有人質疑，該不該只因為嬰兒的直系血脈，就讓他成為下一代祭祀王。九流族的人口逐年減少，太古祖先傳下來的力量逐漸減弱，有能力聽見神的聲音、自由操控神的意志的人，也愈來愈少了。

真鐵具有出類拔萃的力量，是相隔很久才誕生的孩子。當還沒有子嗣的祭祀王指定真鐵為下一代大王時，沒有任何人提出異議。

現在卻有人主張，在嬰兒長大、能看出他有多少潛力之前，就決定讓他成為繼承人，似乎有點太早了。

知道自己的存在打亂了族人的想法，讓聰明的真鐵非常心痛。

站在族長夫人的房門前，真鐵猶豫了。

他走過來走過去，煩惱著該不該出聲。

他很想看看剛出生的嬰兒，也很想恭喜夫人，但又怕會燃起新的火種，內心猶豫不決。

「怎麼辦呢……？」

「這不是真鐵嗎？怎麼了？」

背後有聲音叫住他，他轉過身去，嘆口氣說：

「是真赭啊！」

紅毛狼緩緩走向他。懷著身孕的狼邊觀察他的模樣，邊走到他面前，微微偏著頭，慈祥地瞇起眼睛說：

「夫人就在裡面，知道你來了，她會很高興。」

「嗯……」

真赭訝異地眨眨眼睛說：

「怎麼了？這麼沒精神……」

真赭是負責保護夫人的狼，經常陪在夫人身旁，也是夫人的聊天對象。兩人的感情非常好，完全沒有種族之分。不過，好到連懷孕都幾乎在同一時期，讓所有人都嘖嘖稱奇。

雖然是夫人先生產，但妖狼族的族長說，真赭也快了。

妖狼族的狼，數量也逐漸減少了，以前數量更多。它們都知道是因為這片土地被朝廷剝奪，與外界隔絕後，近親通婚，血統愈來愈濃的關係。不管九流族或妖狼族，遲早都會走向滅亡。

「你會這麼鬱悶，是因為部分族人的疑慮吧？」

被真赭一語道破，真鐵張大了眼睛。

紅毛狼直視著真鐵，輕聲嘆息。

「大家明明都知道你是怎麼樣的心性，卻還是反對大王的決定，真是有欠思慮。」

「可見大家多麼重視珂神比古，」真鐵困惑地皺起眉頭說：「我也認為很重要，真希望我可以告訴大家，我也知道『珂神比古』這個名字有多沉重。」

真赭嚴肅地點點頭。

「嗯，直到幾天前，大家都還那樣稱呼你，所以你比誰都了解那分沉重，我想大家應該都明白。」

「可是……」

「大家只是擔心，不知祭祀王的直系子嗣有沒有能耐背負起那分重任，因為小孩才剛出生，還沒辦法確定。既然是大王決定的事，大家就應該相信，只是人類對於看不見的東西，總是會覺得不安。」

百般無奈的語調讓真鐵笑了起來。

「真赭，你聽起來真的很無奈呢！」

「是很無奈啊！總之，只要相信大王、聽從大王的決定就沒錯了。起碼，我的族長是這麼教導我的。」

反而是妖狼們沒有任何迷惘。

真鐵覺得很好笑，笑得瞇起了眼睛。

真緒這才眉開眼笑地說：

「太好了，你終於真的笑了。」

真鐵眨眨眼。真緒眼神溫和地對他說：

「你剛才那樣的表情，怎麼能去見夫人呢？夫人產後的復元情形不太好，現在還不能下床。」

真鐵不由得驚叫：

「可是我聽說狀況不錯……」

真緒垂下頭，臉色變得陰鬱。

「不要太勞累的話，現在還不會怎麼樣……但畢竟是嚴重難產，在我看來，夫人是把半條命都給了孩子。」

真鐵屏住了呼吸。真緒沒有說謊，只因為對方是真鐵，她才把沒有告訴過任何人的事，毫不隱諱地說了出來。

啊！原來夫人來日無多了。

他領會到真緒話中的意思。

意想不到的衝擊在他心中擴散開來，一湧而上的悲痛，讓他眼頭發熱。

真鐵慌忙甩了甩頭。他必須欺騙自己，強裝出平靜的表情。

幾次深呼吸後，他恢復了平靜。只要表面偽裝得好，就不會被任何人看出來。還能跟夫人見幾次面？說幾次話呢？

九流族的人口逐年減少，親近的人一個個都走了。不只是老人，也包括年紀還不大的年輕人。

自己也隨時可能面臨那樣的命運。

這就是為了延續血脈，與外界完全隔絕的結果。但是，要換方向走已經太遲了。

「真赭……」

聽到真鐵沒有一絲動搖的聲音，紅毛狼平靜地問：

「什麼事？」

「妳的孩子會跟那孩子成為兄弟吧？」

這句突如其來的話讓狼猛眨眼睛。盯著少年看了好一會後，狼才像是細細體會那句話般，輕輕點頭說：「嗯……這孩子是夫人的孩子……也就是珂神比古的兄弟……如果族長不嫌棄的話。」

「而且，也是我的弟弟。」

像銘刻在內心般喃喃自語後，真鐵終於下定了決心。

他把手伸向門，出聲說：

「夫人……」

忽然，裡面傳來聲音，真鐵側耳傾聽。

是很熟悉的女性的聲音，是他曾以「母親」稱呼過一段時間的人的聲音。

「……比……古……」

他張大了眼睛，剛才的言靈是什麼？

驚訝之餘，不小心推開了門，他慌忙想再把門關上，但來不及了。

「是誰？真赭嗎？」

真鐵不知道該怎麼辦，苦惱了一會，終於豁出去似地說：

「夫人，是我，真鐵。」

「哎呀！」聽到這個名字，那個聲音興奮了起來：「你總算來了，快進來。」

被催促著走進房間的真鐵回頭看看真赭。紅毛狼搖搖頭，以眼神示意要他一個人進去。

陽光從敞開的窗戶照進來，室內比想像中明亮。

原本應該躺在床上的夫人，已經披著上衣坐起來了。

「怎麼了？再過來一點呀！」

看到夫人招手，真鐵慢慢走過去，在床邊跪下來。

夫人懷中抱著小小的布包。
從布包的縫隙，可以看到嬰兒皺巴巴的臉。
真鐵目不轉睛地看著嬰兒。夫人溫柔地笑著對他說：
「很小吧？大王說，這孩子比你出生時更小。」
是嗎？
這是他第一次看到嬰兒，不知道是不是很小，不過，看起來真的很小。
這麼小，真的長得大嗎？
看到真鐵很擔心的樣子，夫人呵呵笑了起來。
「放心，他會長大的，到你這個歲數時，就長到跟你差不多了，不過……」
夫人的眼神忽然蒙上了陰影。
真鐵彷彿聽見她在心中說著：到時候我一定看不到了。
看到真鐵驚訝的樣子，夫人平靜地對他說：
「我要拜託你一件事。」
「……是。」
「這孩子將繼承珂神比古之名，我希望你能協助他……真鐵，我只放心把這孩子託付給你。」

夫人伸出手，撫摸真鐵的臉。

「如果有一天，這個繼承珂神比古之名的孩子，必須完成身為珂神比古的使命，恐怕會經歷許多痛苦。」

「……」

真鐵點點頭。

他知道，「珂神比古」這個名字真的很沉重。隨著九流族人口的不斷減少，這分責任也愈來愈重。

如果這麼小的孩子必須扛起那分重任，他會全力以赴，多少幫這孩子減輕一點肩上的擔子。他生於代代扶助珂神比古的家族，這是他應盡的義務。

沒錯，真鐵的出生是為了成為珂神比古的力量，而不是成為珂神比古。

只因為這孩子出生得有點晚，所以他稍微走岔了路而已。

「終於見到你了，珂神。」

真鐵喃喃說著，夫人淡淡笑了起來。

「真鐵，有件事我只告訴你一個人。」

「咦？」

夫人壓低聲音，把手指按在嘴唇上，對眨著眼睛的真鐵說：

「也不能告訴真赭，這是我跟大王的秘密。」

這句意想不到的話，讓真鐵內心慌張不已。他問夫人，自己真的可以聽這麼天大的秘密嗎？

夫人點點頭。

「你要答應我，不會告訴任何人。」

真鐵拗不過夫人淘氣的眼神，為難地點了點頭。

於是，夫人在真鐵耳邊悄悄說：

「其實……」

◇　◇　◇

回到九流族府邸的真鐵，背靠著自己房間的牆壁。

差不多快過半夜了吧？雷鳴與雨聲交加，不曾間斷，攪亂了對時間的感覺。

自從那孩子繼承珂神比古之名後，真鐵就知道他的命運有多沉重了。

因為真鐵自己也曾經繼承過那個名字，所以比誰都清楚。

但是，他一直不知道，繼承珂神比古之名的人的真正命運。

那天在他耳邊竊竊私語的夫人一定也不知道，所以才會把那件事告訴自己。

「大王啊……您也不知道嗎？」

就算詢問已經去世的大王，也得不到答案。在珂神出生那年，前代大王就駕崩了。

全族人也幾乎都走了。

就在最後一個嬰兒誕生那年，所有人都走了，速度快得驚人。

都是突然啪噠倒下來，全身不能動，幾天後就斷氣了。

不分男女，也不分老幼，一倒下就沒救了。很可能是什麼疾病，但是還來不及找出原因，族人就全死光了。

最後只剩下真鐵、珂神和珂神的母親。

照顧她到最後的是真鐵。當時珂神還很小，連爬都不會，母親的生命之火熄滅時，他睡得很熟，什麼都不知道。

一個接一個長眠的族人，屍骸都被扔進了那個瀑布裡。簸川的河水會把他們的靈魂帶到荒魂身旁，所以把屍骸歸還河水，是九流族的規矩。

妖狼族的狼群數量，也隨著九流族的人口減少而減少，最後只剩真赭和她所生的多由良、茂由良。

真鐵把珂神交給多由良和茂由良，讓真赭載著夫人的屍骸，跟他一起去將屍骸歸還

河水，他們相信他們的神會來迎接所有的靈魂。

——真鐵……這孩子叫……比古……

微弱的聲音這麼說，真鐵點了點頭。八歲的孩子，只能做出這樣的反應。

然而，她卻很放心似地笑笑，安詳地閉起了眼睛。

比古……這是只有在四下無人時，她對孩子的稱呼。

這是孩子本來應有的名字。祭祀王和妻子為即將出生的孩子，偷偷取了一個「珂神比古」之外的名字。

擔心孩子將來的母親，暗自期待孩子說不定會有當普通人而非大王的一天，因此留下了這樣的言靈。

不是代代繼承的名字，而是為那孩子的靈魂所取的另一個名字。

在真赭、多由良和茂由良都不知道的情況下，被夫人託付的真鐵，總是叫那孩子這個名字。

比古、比古。

但是，只在那孩子懂事之前。

他是珂神比古。現在只剩下他們兩人，他們非完成九流族的誓願不可。為了承受「珂神比古」這個名字的所有壓力，不能夠有其他的名字。

真鐵不知道珂神比古的真正命運。

那年冬天，他拚命尋找失蹤的孩子們，叫了幾年來他不曾叫過的名字。

因此而損傷了珂神的完整性。

「早知道，我就不叫了。」

他被真赭罵，而背負這個名字的人也被迫面對宿命，他真的打從心底詛咒自己那樣的行徑。

真鐵重重嘆口氣，單手掩住了眼睛。

「……比古……」

他沒想到真赭知道珂神真正的名字，夫人說過連真赭都不知道。

但是，真赭常陪在她身旁，所以可能是在什麼時候聽過，或是大王說的？

「啊……」

沒錯，應該是前代祭祀王告訴了真赭。因為它是將來要服侍珂神的多由良和茂由良的母親，所以看到遙遠未來的大王就告訴了它。

茂由良的死喚醒了珂神比古。套用真赭的話，就是完全被薰染了。

不完整的珂神比古惹惱了荒魂，所以荒魂不聽從珂神的指示。

但是，現在他們的大王終於成了「珂神比古」，也就是八岐大蛇荒魂的第九個頭。

擁有珂神比古之名的人，將化身為真正的八岐大蛇荒魂。

繼承這個名字的人，必須具有接納荒魂的器量。不但身體要能承受神的力量，還要將與神的約定銘刻入靈魂。

而且，覺醒後的珂神比古，再也無法恢復人類之身。

也就是說，那孩子再也不會聽到另一個名字。

——我們替那孩子的靈魂取的名字是……

「……比古……」

真鐵喃喃唸著這個名字時，門發出了咔噠聲。

他倒抽一口氣，反彈般站起來，粗暴地推開微微敞開的門。

漆黑的走廊上，佇立著臉色蒼白的彰子。

被帶回九流族府邸的彰子，又被關進了她剛開始被關的同一個房間。

「荒魂的祭品，妳給我乖乖待在這裡，還要過一段時間才用得到妳。」

珂神這麼對彰子說完後，交代灰黑狼好好看守，就不見蹤影了。

蹲坐在門前的灰黑狼眼神茫然若失，就算被交代要好好看守，也只是機械式地點點頭，沒有任何其他動作。

彰子靜靜地待了好一會，看到狼大受打擊的樣子，就慢慢靠近它。

「你是叫多由良吧？」

她記得茂由良是這麼叫它的。

灰黑狼多由良抖動一下耳朵，只將眼睛瞟向彰子，盯著她看。

兇狠的眼神讓彰子差點往後退，但是，茂由良在耳邊繚繞的聲音拉住了她。

溫馴的茂由良說過它很喜歡多由良，所以，彰子相信多由良的性情應該不可怕。

她不知道實情怎麼樣，但是，茂由良真的很溫柔。它說珂神很溫柔，還說自己的眼睛跟珂神很像。

灰黑狼什麼話也沒說。

彰子咕嘟清清喉嚨，邊發抖，邊鼓起勇氣說：

「你知不知道……珂神的名字其實不是那樣……」

狼沒有回答，動也不動的眼眸直直盯著彰子。

「這件事我也告訴了茂由良，因為我聽見真赭跟真鐵的對話，他們說你們稱為『珂神』的人，其實不是叫珂神比古……」

多由良的黑色眼眸帶著恫嚇意味，看著彰子。

彰子勇敢地接著說：

「呃……真赭是茂由良的母親吧？你是茂由良的……」

狼忽然開口說：

「住嘴。」

彰子的肩膀顫抖起來。

灰黑狼緩緩站起來，低聲嘶吼：

「我正在思考。」

黑色眼眸閃閃發亮。

「我正在想，究竟是誰奪走了茂由良的生命？它是我弟弟，我是哥哥，必須保護它。」

「……哥哥……」

喃喃自語的彰子，腦海中閃過昌浩和非常愛護昌浩的兩個年輕人身影。

他們非常、非常愛護他——因為是哥哥，所以非常愛護弟弟。

不管是人類或是狼，那分心都是一樣的。

「我看過那把兇器，那是……」狼的雙眼像刀刃般犀利，「那是道反陣營的那個女人的武器……是那個女人殺了茂由良。」

聽到多由良詛咒般的嘶吼，彰子反射性地大叫：

「不，不是！」

「妳說什麼?!」

彰子對齜牙咧嘴的多由良控訴：

「我也知道那把武器，那是勾陣的東西，但是，不是勾陣殺的，勾陣絕對不會做那種事。」

以勾陣的個性，就算對方是敵人，她也不會無謂地殺生。

「那時候我跟茂由良在一起，茂由良是為了把什麼東西引開，才丟下我自己走了。」

多由良目露兇光。

「在一起？」

語氣聽起來冰冷僵硬，彰子不由得往後退了一步。

「嗯……是啊……」

「妳怎麼會在外面？一開始就是妳設計的？」

「多由……」

多由良打斷彰子的話，像兇神惡煞似地逼向她說：

「是妳從這裡溜出去，跟那個女人串通好，再把茂由良騙過去，讓她殺了茂由良，

對吧？我絕對不會放過那個殺死茂由良的女人，絕對不會！我要殺了她，咬碎她的喉嚨，把她碎屍萬段，獻給荒魂當祭品……！」

激動的狼滔滔不絕地說著，彰子臉色蒼白地對它猛搖頭。

「不，我沒有，我怎麼可能見得到勾陣？我連她在哪裡都不知道。」

「妳起碼知道她在道反聖域吧？那個女人給我記住，茂由良的仇，我絕對會報！」

失去茂由良的屍體後就顯得失魂落魄的多由良，全身殺氣騰騰。

「我不會把她交給真鐵或珂神，我要親手殺了她，替茂由良報仇……！」

忽然，多由良的身體向一旁傾斜。

就在目瞪口呆的彰子面前，灰黑狼虛脫無力地倒了下去。

「多由良，你怎麼了？多由良？」

搖它也沒有反應。

彰子驚慌地環顧室內。

狼突然昏倒了，就像緊繃的線硬生生地斷裂。

「道反……聖域……」

那是昌浩說要去的地方。

去了那裡，就可以找到昌浩。但是，在哪裡呢？

這裡是出雲。出雲很大，隨便亂走的話，應該到不了吧？

但是待在這裡，生命也沒有保障。珂神稱她為「讓荒魂永遠留在世上的祭品」，時候到了，就會把她獻出去。

不知道為什麼，門沒有鎖，也沒有人看守，大概是判斷沒有必要吧！

彰子偷偷走出房間，躡手躡腳地往走廊前進。

一心祈禱著不會被任何人發現，往出口走去的她，這時候聽見了……

她聽見真鐵的聲音，聽見帶有奇妙回響的言靈。

## 3

看見彰子的表情，真鐵立刻察覺到自己的失態。

被聽見了。還以為四下無人，沒想到被這個荒魂的祭品聽見了。

真鐵抓住全身僵硬的彰子手臂，兇狠地說：

「妳在做什麼？」

手被抓得很痛，彰子低聲哀號，扭動著身體，但是掙脫不開。

「多由良在幹什麼？我說過不能讓妳出來啊！」

聽到真鐵的埋怨，彰子皺起臉說：

「它倒下去……不能動了……」

「什麼？」

真鐵大驚失色，拖著彰子去多由良那裡。

彰子忍著疼痛，偷偷觀察真鐵。

一眼就看得出來，這個人是真的很關心多由良。

她想起被雷擊碎的茂由良。茂由良說過很喜歡真鐵，那麼，真鐵是不是也很關心茂由良呢？

灰白色的毛，有點像小怪。

彰子咬住嘴唇。

自己到底會怎麼樣呢？

珂神站在不曾間斷的雨中。

因喜悅而歪斜的臉，不是真鐵或多由良認識的珂神。

雷聲轟隆巨響。

有個影子在雷聲中接近珂神。

珂神回頭看，吃吃笑了起來。

「妖狼族啊？」

真赭畢恭畢敬地低下頭，沉著地說：

「我們的荒魂啊！我為我花那麼多時間才準備好您的軀體，由衷致歉。」

珂神冷哼幾聲，那動作像是在抱怨的確耗費了太多時間，真赭立刻跪了下來。

珂神看看插在腰間的武器，瞇起眼睛說：

「看來他怎麼樣都要報這個仇。」

「您就把那種瑣事拋在一旁吧！」

「我不做，他大概就不會消失，真是感情用事。」

不過是隻狼，生命就跟塵埃一樣微不足道。

然而，激動的哭聲卻在耳朵深處、在體內深處響個不停，連傾盆大雨的聲音都掩蓋不住。

儘管是被吞噬消失的命運，靈魂的碎片卻還殘留在最深處，哭訴著這件事。

「好吵的聲音，聽得煩死了。」

「那就盡快除去這個憂患吧！」

狼淡淡說著，聽起來非常冷漠。

玽神露出殘酷的笑容。

繼承玽神之名的人啊！你的靈魂本身毫無價值。沒有價值的你，為沒有價值的野獸之死悲嘆，實在滑稽到了極點。

你到底要哭到什麼時候？

「吵死人了，快消失！」

不耐煩的低嚷融入了雨中。

在耳朵深處繚繞的悲嘆被擊碎，煙消雲散了。

應該已經過了半夜。

「可能還沒過丑時吧……」

抬頭看著漆黑天空的昌浩，靠生理時鐘猜測時間。

進入道反聖域後，時間的流逝方式就完全不同了。

而且，在人界發生的任何事，也都不會傳到聖域。這次事件，道反陣營的反應總是慢半拍，這也是原因之一。

隔開人界與聖域的千引磐石會不會太堅固了？是有必要，但實在不太方便。

「是我要求太多了吧？」

昌浩唸唸有詞，嘆了一口氣。

他正坐在通往道反聖域的隧道入口處。

有種莫名其妙的焦躁感在他體內劇烈翻攪，他卻怎麼也找不出原因。

他很清楚，絕不能忽視陰陽師的直覺。

「昌浩……」

聽到有人叫喚，他回過頭看，淡淡笑著的老人正踩著穩健的腳步往自己走來。

「您先休息嘛！已經很晚了。」

「守護妖們都在抱怨，你待在這裡，就不能關磐石。」

聽到晴明這麼說，昌浩臉上浮現為難的神色。

被那樣抱怨，他真的很難過。

「就不能跟它們說不要管我，先把磐石關起來嗎？」

抵不過祖父的視線，昌浩只好投降，不得不站起來。

晴明摸摸他的頭，轉身向前走。

「喂，走啦！」

還依依不捨看著遠方的昌浩，死了心似地垂下了肩膀。

昌浩他們乘著白虎的風回到聖域，是在一個時辰前。

當務之急，就是要向道反大神和女巫報告風音復活了，並且平安無事，所以他們直接回到了這裡。

晴明和昌浩都很擔心正在封鎖八岐大蛇第一個頭的玄武他們，但是根據太陰傳來的風，目前的情況還不是很危急。

——我們現在還好，所以儘可能讓晴明休息。

白虎傳達了太陰的話，晴明一臉不知道該說什麼的表情。每次每次都是這樣，讓神將們為他擔心。

勾陣冷靜地建議說，既然會有罪惡感，就自重一點嘛！晴明卻說，這個跟那個是兩回事。

小怪吹鬍子瞪眼，問晴明差別在哪裡？

晴明雖是十二神將的主人，神將們對他卻不是絕對服從，想說什麼，都會無所顧忌地說出來。

跟晴明走在一起的昌浩，發現祖父身旁沒有任何神將，眨了眨眼睛。

「爺爺，只有你一個人？」

「嗯，天一跟玄武在一起，太陰也在他們那裡啊！」

晴明往後面看一眼，又把視線拉回到昌浩身上。

「六合跟風音去了女巫那裡，紅蓮和勾陣正在吵架。」

「啊？吵什麼……」

面對昌浩疑惑的眼神，晴明嗯地沉吟了一下。

「一言難盡呢！你還是自己去看比較清楚。白虎在磐石的地方等著，他本來堅持要

跟我一起來。」

因為距離不遠，所以晴明叫他不要擔心，在那裡等著就好。

「為什麼不讓他……」

昌浩說到一半，晴明就淡淡笑著說：

「因為爺爺一個人來，你就會跟爺爺一起回去呀！」

昌浩滿臉錯愕，瞪大了眼睛。晴明拍拍他的背說：

「就像你一個人的話，我也會擔心。」

昌浩低下了頭。

祖父說得沒錯。

只有一個人的話，會讓人擔心。

如果有人陪著還好，就怕一個人的時候萬一發生什麼事。

「對不起……」

昌浩低聲道歉，晴明瞇起眼睛說：

「嗯，知道就好。」

剛到的時候，昌浩說他不會有事，要一個人留在隧道入口處。所以，晴明算準他應該已經想開的時間，就一個人來接他了。

其實他還沒想開，但也知道不能再待下去了。

「我在想不知道怎麼樣了……」

昌浩喃喃說著，握緊了拳頭。

晴明很清楚昌浩想說什麼，默默撫摸著孫子的頭。昌浩覺得被當成了小孩子，但是，現在的他完全沒有力氣抗議。都已經累到這種程度了，他卻不太有自覺。

跟比古分開後，究竟過了多久，他實在搞不清楚。

但是，時間應該不短。

出雲的天空一直是烏雲密佈，持續著沒有陽光的日子，連是白天或黑夜都分不清楚。

而且，又在時間流逝方式不同的道反聖域進進出出，感覺難免會混亂。

等一下要正確計算出人界的時間才行，否則，現在是還好，回到京城時就難過了。

「已經彼此了解，應該不用擔心了……希望真是這樣……」

聽晴明說得含糊不清，昌浩皺起了眉頭。

「爺爺也有不好的預感，最糟的是，這類預感通常都很準。」

「偶爾也不準一下嘛！」

這是昌浩真正的心聲，百發百中不盡然都是好事。

自己還是個半吊子，所以如果只是自己的的預感，還可以半信半疑。現在連祖父都有同樣的預感，要說事情已成定局，恐怕也不為過了。

比古回去了，說要找出將八岐大蛇送回黃泉之國的方法。

但是，真的該讓他一個人回去嗎？

「我應該跟他一起回去的。」

昌浩咳聲嘆氣地喃喃唸著，晴明訝異地眨了眨眼睛。

「這樣就不會這麼擔心，」昌浩抬起頭說：「也可以親眼確認狀況。我相信比古，可是我不知道比古身邊的人會怎麼樣。」

而且，萬一發生了比古一個人應付不來的事，有他在也可以隨時伸出援手。

「我有紅蓮、勾陣、六合這些神將陪著我，有什麼困難，他們都會幫忙，感覺上我從來沒有孤軍奮戰過。」

晴明微微苦笑。昌浩只提到神將們的名字，沒有提到自己，是因為自己跟他太過親近，親近到讓他覺得理所當然。他本人也沒有察覺，這就是依賴。

「有人陪伴……是很重要的事。」

「嗯，沒錯。」

晴明覺得感慨萬千。

需要的時候可以陪在自己身旁的人，真的很重要，也很難得。

然而，晴明卻在失去以後才知道。

在他漫長的人生中，有兩個人走進了他的內心深處：一個在出雲喪失了生命，一個現在還在河岸邊等著他。

晴明把手放在昌浩頭上，嗯嗯地點著頭。

這片土地，有太多痛苦、沉重、悲哀的記憶，一輩子也無法遺忘，就像疼痛消失、傷口癒合後，還淡淡殘留在皮膚上的疤痕。

兩人像是回憶著過往種種，一步步慢慢往前走。

下在人界的雨，連隧道深處都聽得見聲音。

昌浩握緊了拳頭。

雨下得讓人心情沉重。

從烏雲降下的雨充滿大蛇的妖氣，他多麼希望自己有足夠的力量，可以掃去所有烏雲。

✖ ✖ ✖

風音抓著披在肩上的深色靈布，緊咬著嘴唇。

靠近聖域中央的正殿是女巫的私人居所，風音正待在正殿裡的其中一室。

眼前是正閉著眼睛躺在床上的道反女巫。風音走進來後，女巫還是在沉睡中，完全沒有醒來的跡象。

聽說她太過心痛，道反大神不忍看她這樣，就使用強硬手段讓她休息了。

望著母親蒼白的臉，風音的眼眸中滿溢著悲痛。

她掩住臉低下頭，腦海裡浮現剛剛回到聖域時的情景。

不知道為什麼，她是如此害怕眼前的磐石打開來。

明明不覺得冷，全身卻不停地顫抖起來。

從踏入這個隧道起，這種恐懼感就襲向了她。

愈前進，腳步愈沉重。這裡是她出生的地方，在命運被扭曲之前，她曾在這裡度過祥和、幸福的生活。

現在，她卻覺得呼吸困難，有種在水中掙扎喘息的錯覺。

守護妖大蜘蛛站在隧道最深處的千引磐石前。

大概是一直在那裡等著晴明他們回來吧！它們一定是深信晴明會取回道反公主風音

的軀體，心急如焚地數著時間。

看到在晴明一行人陪伴下現身的風音時，大蜘蛛佈滿硬毛的身體顫抖起來。

大蜘蛛激動到說不出話來。風音還記得，是大蜘蛛捨身堵住了她挖開的黃泉瘴穴。

「公主……！」

「妳終於、終於回來了，我們的公主……」

不只是被奪走的軀體回來了，連風音的靈魂都回到了軀體之內。

大蜘蛛拚命彎下八隻腳，在公主小的時候，它就是這麼做的。

因為怕她要辛苦地抬頭看，所以大蜘蛛盡量降低視線高度，就像回到呼喚她小公主、小小公主時的日子。

現在的風音已經長大很多，愈來愈像它們守護的道反女巫。但是，還看得出她小時候的模樣。

風音抬頭看著大蜘蛛，一句話也說不出來，臉上逐漸失去血色。

大蜘蛛發現她不對勁，非常驚慌。

「公主，妳怎麼了？臉色很不好……」

一旁的六合趕緊扶住快倒下的風音。

「風音。」

耳邊的聲音，撐住了她差點彎下來的膝蓋。
「沒事……我沒事……」
雖然嘴巴這麼說，風音的手卻緊抓著六合的手不放。
纏繞的指尖異常冰冷，六合擔心地看著她的側臉。
臉色蒼白的她到底在想什麼？
觀察風音好一會後，六合猛然張大眼睛，轉頭看看旁邊跟他一樣沉默的年輕人。
晴明發現黃褐色眼睛正看著自己，皺起了眉頭。過了一會，他也露出了恍然大悟的神色。
「風音。」
晴明鄭重地叫喚她的名字。
風音轉頭看著晴明。
晴明對臉色由青轉白的她笑笑，像跟小孩子說話般告訴她：
「通往黃泉之路的瘴穴已經關閉，那時候在這片土地上現形的百鬼夜行也全都被消滅了，大神和女巫都在等妳回去。」
「可是……」
即使是因為相信了謊言，風音成為打開千引磐石的鎖鑰，還是鐵一般的事實。

父親是關閉黃泉比良坂①的道反大神，她卻打開了黃泉之路，給這個世界帶來了存亡的危機。

現在無論怎麼後悔都來不及了。

晴明平靜地搖搖頭說：

「那不是妳的錯……一切都是智鋪宗主的陰謀，妳只是被當成了棋子。」

聽到這句話，白虎和小怪都露出難以形容的表情。尤其是小怪，目光苦澀地垂下了頭。

眼角餘光掃過小怪的勾陣默默伸出手，把小怪的白色身體抓起來。

小怪把前腳搭在勾陣的肩上，眉頭深鎖，嘴巴唸唸有詞，不知道在嘀咕什麼，但是還沒說出口，就又嚥下去了。

小怪被勾陣拍著背，顯得不太高興，半瞇起眼睛，但是沒有抗議，任憑她那麼做。

勾陣搖頭嘆息，微微苦笑起來。昌浩留在隧道入口處，小怪應該覺得很慶幸吧！它一定不想讓昌浩看到自己現在這樣子。

「妳一點都不需要擔心，覺得懊悔的話，以後再用只有妳做得到的方式來贖罪就行了。」

風音倒抽了一口氣。年輕模樣的陰陽師又平靜地接著說：

「妳一定可以贖罪，因為現在妳好好地活在這裡。」

風音的眼中淚光閃爍，但是她絕不讓自己哭出來，及時壓抑住差點湧出來的淚水，堅強地點了點頭。

她以眼神告訴支撐她的六合自己沒事，然後放開六合的手，顫抖地呼口氣，毅然挺直背脊，轉向大蜘蛛說：

「打開磐石，嚴。」

「……唔！」

可能是剎那間發不出聲音來，蜘蛛隔了一會才有回應。

那是道反大神賜給它的名字。

應該只有道反大神可以叫它這個名字，它卻在風音很小的時候，偷偷告訴了風音。

——公主，小公主，聽我說，我有個大神賜給我的名字。這個名字應該保密，但是我告訴妳……

總是陪在風音身旁的烏鴉剛好不在，是千載難逢的機會。

大蜘蛛把八隻腳彎到極限，在瞪大眼睛的幼小風音耳邊竊竊私語。

——我的名字是嚴，我告訴公主，大神應該也不會生氣。

這樣好嗎？風音思索著，蜘蛛忿忿不平地對她說：

——當然好！只有嵬被叫名字，太不公平了，我們也希望公主用銀鈴般的聲音喊我們的名字。

風音疑惑地偏起了頭。

那麼，不告訴母親嗎？聽到風音這麼問，大蜘蛛緊張得猛搖其中一隻手。

——不行、不行，怎麼可以讓女巫大人叫我們的名字！會觸怒大神啊！

緊張成那樣很可笑，風音咯咯笑了起來，然後伸出手，很有精神地叫了它的名字。

「嚴，你怎麼了？」

比當時穩重許多、不帶絲毫稚氣的聲音，叫著很久以前聽來的名字。

大蜘蛛一時喘不過氣來，顫抖著擠出聲音說：

「是……馬上！我馬上打開，公主！」

——沒錯，就是這樣，公主。

它很開心看到她可愛的笑容，它很開心被她銀鈴般的聲音叫喚。

烏鴉回來後，覺得不太對勁，一再逼問，大蜘蛛就裝蒜裝到底。

——公主、公主，這傢伙跟妳說了什麼？不可以瞞我哦！

風音笑著對氣沖沖的嵬說是秘密。

對吧？是秘密吧？

風音把手指按在嘴巴上，大蜘蛛沉穩地點了點頭。

——嗯，是的，公主……

當時，在黃泉瘴穴裡見到幾十年不見的風音時，它還以為她是女巫，她們兩人就是這麼像。現在這樣看著她，它才發現像是像，但還是不一樣。

她是它們找了很久的那個小公主，是終於回到了它們身旁的心愛公主。

「公主，請往這邊走。」

大蜘蛛一碰觸千引磐石，眼前的世界就變了樣。

一眨眼，他們便穿越了看不見的牆壁。

環顧周遭，才知道那裡已經是道反聖域。

回頭一看，千引磐石還是一樣佇立著，不讓未經許可的人通過。

「公主，女巫正在休息，請妳陪在她身旁，等她醒來。」

因為我們的身體有點龐大，不能進入正殿。

風音覺得拘謹的大蜘蛛說話有點好笑，稍微露出了笑容，卻笑得不太自在。

看到風音的表情，大蜘蛛難過得心如刀割。她那天真無邪的燦爛笑容，被充滿虛偽的幾十年奪走了。

「我也差不多該回本體了。」

晴明嘆著氣，滿臉疲憊地按著額頭。儘管帶著道反聖域的丸玉，也不能完全消除負擔。

風音偏過頭看，站在她旁邊的六合，儘管還是跟平常一樣面無表情，望著她的眼神卻十分溫柔。

「公主，我來帶路。」

風音舉起一隻手，攔住正要帶路的大蜘蛛，瞇起眼睛說：

「我應該還記得……」

她搜尋著遙遠的記憶，緩緩踏出步伐。

只有風音進入了女巫在正殿的私人房間。

晴明說要回到放在另一個房間的本體，跟神將們討論今後的事。

六合只陪她走到房間前，就留在那裡，催她一個人進去。

那裡畢竟是神之妻——女巫休息的地方，要踏進去還是有所顧忌。

床附近擺著一張椅子，漆黑的烏鴉正躺在那裡休息。烏鴉應該也受傷了，所以趁女巫睡覺時，自己也休息一下。

她悄悄走到床邊，看著母親。

據說，她們分開已經五十多年了。但是，她大半時間都是在被冰封鎖的深沉睡眠中度過，所以感覺上時間短了很多。

只是在那段期間所產生的孤獨感，至今都還潛藏在她內心深處。

「母親……」

她輕聲呼喚，但母親沒有反應。

對於母親，除了遙遠的朦朧記憶外，她只記得躺在凍結的水中的那張蒼白臉龐。眼中蒙上憂心忡忡的陰影，讓母親的美貌看起來有些黯然失色。

「……」

視野突然變得模糊，風音眨了眨眼睛。

溢出來的淚水落在母親臉上。

慌忙向後退的同時，她也被自己的淚如泉湧嚇了一大跳。

啊！對了，在死亡纏身，她差點被拖入黃泉時，是父親的手臂救了自己。她懇求要將自己直接帶回聖域的父親說：

「我希望能待在那個人身旁。」

父親答應了，但告訴她，她受了重傷，必須靜靜地沉睡一段時間。

那之後的事，她就不記得了。

只是一直覺得有股暖意，跟她期待中的體溫是相同的感覺。
在本能察覺危險，促使她覺醒之前，她都在沉睡中。
所以，真的是很久、很久沒這麼近看著母親了。
「母親……母親……」
她跪下來，把臉趴在床上，拚命忍住哭聲，以免吵醒母親。
不知道這樣過了多久。
纖細、溫暖的手指輕輕撫摸著風音的頭。
風音倒抽一口氣，聽到了溫柔的聲音。
「妳怎麼了？為什麼哭成這樣……」
風音抬起頭，看見母親慈祥的笑容。
道反女巫瞇起眼睛，把手放在風音被淚水沾濕的臉上。
「啊！真是糟蹋了如花朵般美麗的臉……妳長大了呢！」
在朦朧記憶中把自己呵護長大的母親的聲音，還隱約殘留在她耳畔，就跟這個聲音一模一樣。
「很高興妳平安無事。」
「嗯……嗚……嗚……」

風音泣不成聲，只是不停地點著頭。

女巫把手伸向披在風音肩上的深色靈布，嘆了一口氣。

安倍晴明曾問過公主的靈魂在哪裡？道反女巫回答他說：

在這世上最值得信賴的地方。

那地方勝過任何堅固的要塞或強韌的結界。

就是擁有不屈不撓的心、意志堅定不移的那個人手中。

這孩子其實還要很長一段時間才能醒過來，她應該在沒有人知道她靈魂下落的狀態下，等待著時機到來。

事情已經無法挽回了，很可能在某個時段產生偏差。

這孩子原來的生命將會縮短。

她的生命遠比人類長，但看在神的眼中還是稍嫌短了一些。

總有一天非重來不可。

然而，現在看到這孩子回來，還是十分欣慰。

在門外隱約聽到女巫和風音談話聲的六合，呼地鬆了一口氣。

他把背靠在牆上，盡量不發出聲音地癱坐下來。

努力撐到現在的力氣完全用盡了。
靠在弓起的單邊膝蓋上，他的意識逐漸變得模糊。

### 小怪的陰陽講座

①根據日本古代的出雲神話，黃泉比良坂是介於黃泉之國與現世之間的坡道，也是黃泉之國的入口。

# 4

神將勾陣擺出一張臭臉。

回到道反聖域後，小怪就對她囉唆個不停。

「勾！不要太過分了！」

勾陣回頭看全身白毛倒豎的小怪，目光兇狠地瞇起眼睛說：

「你很煩耶！騰蛇，我自己的情況我自己最清楚。」

「妳哪清楚！」齜牙咧嘴的小怪靠後腳站起來，用前腳指著勾陣說：「妳的右肩明明就被真鐵打到不能動了！」

「在這裡的清靜空氣中，很快就會痊癒了。」

「很快？我聽妳在放屁！」

勾陣嘆口氣說：

「『很快』這兩個字是有語病，但是，比待在人界快是事實，不要把我跟你混為一談，你當時是被真鐵打到體無完膚。」

小怪顯然被她的話惹毛了。

突然不說話的它，轉眼間就變回了原來的面貌。

一直落在低處的視線忽然變高，勾陣也受到驚嚇，直眨眼睛。

「騰蛇？」

紅蓮沒有用言語回應。

既然嘴巴鬥不過勾陣，最快的辦法就是靠有壓倒性差異的腕力。

紅蓮到現在才想通這一點。

他二話不說便以一隻手扛起比自己小兩圈的嬌小身體，轉身快步向前走。

「騰蛇?!快放我下來！」

勾陣極力想掙脫，然而，紅蓮光用單手抓住她的兩隻腳，她就動彈不得了。

「不要吵，安靜點……對不起哦！我不該被真鐵打到體無完膚。」

低沉的咆哮聲陰森又可怕。

勾陣不由得低頭看紅蓮，覺得他的自尊可能重重受到了傷害。

他畢竟是號稱十二神將中最強的兇將，儘管對方是利用了風音的靈力，他恐怕還是很難承受敗給人類的打擊。

勾陣稍微反省，也許自己說得太過分了。

「騰蛇。」

「幹嘛？」

「對不起，我說得太過分了。」

「說什麼？」

「……你希望我再說一次嗎？」

說出來，一定會氣死他。

聽到那種不清不楚的話，目光依然尖銳的金色眼睛往上看。

「對方擁有強大的靈力，還利用了風音的力量，我輸給這樣的人有什麼好記恨的？」

「……」

這樣講明明就是記恨嘛！

勾陣這麼想，但是聰明的她只把這個想法藏在心底，換個話題說：

「當對方是人類時，天條會成為我們的枷鎖。只有人類可以跟人類對峙，要不然就是異形。」

「沒錯，就這點來說，道反聖域的守護妖們是很好的戰力。」

「但是打不過真鐵。」

很遺憾，的確是這樣。

珂神與昌浩和解了。但是，還不知道能不能把八岐大蛇送回黃泉之國。珂神說要找出辦法，回家去了。當他再來找昌浩時，會不會有辦法了呢？

而且，還有真鐵和真赭。

珂神雖是祭祀王，但是他決定停止戰爭，也不能保證真鐵他們會服從。

「如果沒有辦法把大蛇送回黃泉之國怎麼辦？」

勾陣問。紅蓮沉重地說：

「只能打倒它了。不管有沒有辦法，都不能讓那樣的大妖橫行霸道。」

「沒錯。」

最強的騰蛇是火將，跟水性的大蛇屬性不合。以目前的實力來看，連騰蛇的火焰也很難打倒大蛇。

但是——

「……」

勾陣看一眼紅蓮頭上的金箍，陷入深思。

如果是解除封印後不受限制的地獄業火，會怎麼樣呢？

施加封印，是他厭惡過強的力量，憑自己的意志決定的。

封印之術大多是用來防止災禍，或隱藏某種東西的存在。

紅蓮的封印跟原本的使用情況不太一樣。

「騰蛇。」

「幹嘛？」

「如果摘下金箍，你贏得了大蛇嗎？」

紅蓮停下腳步，面有難色地看著勾陣往下望著自己的烏黑眼睛。

「妳問得真直接。」

「繞個大圈子說話，還不是要回到原點？」

紅蓮把眉頭皺得更深了。

「妳跟其他人說話都繞很大一圈啊！」

「都到這個節骨眼了，我幹嘛還跟你客氣？」說得理直氣壯的勾陣忽然皺起了眉頭。

「對了，你要這樣抱著我抱到什麼時候？快放我下來。」

「不行。」

紅蓮斬釘截鐵地回答，又重新邁開步伐。

「騰蛇！放我下來……」

「沒有枷鎖，說不定可以打倒。」

勾陣安靜下來。紅蓮滿臉嚴肅地思考著，似乎很注意自己的措詞。他停下腳步，把

視線轉向勾陣。

「但是，我不可能一個人打倒八頭八尾，頂多三隻……呃，如果打到自己再也站不起來，變成廢人，大概可以打倒四隻。」

而且只是頭的部分，沒有能力顧及蠢蠢蠕動的八隻尾巴。

即使不留退路，耗盡所有力量，也只能打倒一半。既然連最強的騰蛇都這樣，那麼，自己痊癒後恐怕也只能打倒一、兩隻。

在擊潰蛇頭時，萬一其他的蛇頭和蛇尾大鬧起來，就沒有意義了。

紅蓮不會給自己過高的評價，說的是很實際的數字。而且，在戰鬥中如果不保留一點力量，等於是自殺行為，必須極力避免。

「那是在神治時代，連天津神若不出奇招也打不倒的大妖，我可不想與它正面對峙。」

勾陣聳聳肩說：「要不要準備酒？」

「好主意，如果可以把它灌醉就萬萬歲了。」

兩人說得一派輕鬆，其實是很認真在思索打倒大蛇的策略。

「向一直以來都守護這片土地的道反大神請益，也是方法之一。喂！騰蛇，快放我下來。」

「本來就該請教大神啊！我不能放妳下來。」

勾陣不高興地咂咂舌說：「你到底要去哪裡？」

說完才赫然驚覺大叫：「喂！騰蛇！」

「那樣最快吧？」

「我說我不要。」

「沒聽見、沒聽見。」

「你……！」

正要破口大罵時，欠缺警覺性的悠哉聲音插進來說：

「紅蓮、勾陣，真難得看到你們這樣子呢！」

回到本體的老人和他的孫子、肌肉發達的同袍，都訝異地看著兩人。

紅蓮和勾陣都沒有察覺晴明他們這麼靠近自己。

這樣很糟糕。雖然這裡是道反聖域，但是連這麼近的氣息都沒察覺，還是很可能喪命。可以說是因為對方沒有殺氣，或說是因為同袍的神氣，要說多少藉口都行。然而，那終究只是藉口，不能成為沒有察覺的正當理由。

晴明指著正對自己的失態深切反省的兩名鬥將，對昌浩說：

「是不是你自己來看比較清楚？」

「的確是，還滿精采的……」

板起臉的紅蓮低聲咒罵著：

「什麼意思嘛！真是的……」

吐出帶著怒氣的嘆息後，紅蓮突然眨眨眼睛，瞪著晴明。

「喂！晴明，快制伏這傢伙。」

「啊？」

四個聲音同時回應紅蓮沒頭沒腦的話。

紅蓮所說的「制伏」，就是讓勾陣「昏過去」的意思。

這下真的把勾陣惹火了，她二話不說就給了紅蓮的側臉一記左拳。紅蓮輕鬆以右手接住，瞇起眼睛接著說：

「我要把她沉入湖底，但是她這樣子，我很難做到。」

「騰蛇！」

勾陣真的很生氣，但是紅蓮不理她，晴明無可奈何，只好答應他的要求。

看到晴明右手結印，口中唸著咒文，勾陣狠狠地瞪著他。

「你……你給我記著，晴明！」

「比……喲……啞……利。」

神咒完成，勾陣就向後仰了，一直保持平衡的上身傾斜倒下。紅蓮改用雙手重新抱住原本單手支撐的身體，深深嘆了口氣。

「真是的。」

紅蓮走向能夠促進身體組織再生的瑞碧之湖，晴明他們也跟在後面。晴明和昌浩都聽說過那座湖，但沒見過。尤其是昌浩，聽紅蓮和勾陣唇槍舌戰，吵著要不要沉入什麼湖裡，一直覺得很奇怪，聖域裡面哪有那種湖呢？

聽說那座湖跟海灣一樣大，問題是，這個聖域有那麼大嗎？

他這麼東想西想，結果並不是他想的那樣。

在他眼前開展的瑞碧之湖，大是很大，卻可以清楚看到對岸。的的確確只是座湖，不像沼澤那麼小，但也沒有海灣那麼大。

「就是一座湖嘛！」

有點失望的昌浩好奇地往清澈的水底看。仔細一看，可以見到水底密密麻麻地鋪著石子。

石子的顏色很眼熟，昌浩不由得透過上衣按住胸前的香包和丸玉。

「你的丸玉就是這裡的石頭。」

「原來如此……」

昌浩對晴明點點頭後，猛然想起，因為接連發生太多事，他都還沒有向女巫道謝呢！本來是來謝謝女巫送的丸玉，卻因為忙著應付突發狀況，完全忘了這件事。

紅蓮走向湖裡，響起了水聲，在水深及腰的地方，把勾陣泡進水裡。失去意識的勾陣，身體就那樣默默沉入了水底。

「咦，這樣不會有事嗎？」

昌浩瞪大了眼睛，白虎回他說：

「嗯，騰蛇和玄武的傷也都是在這裡治好的。」

說完，白虎突然眨了一下眼睛。

紅蓮上岸後，轉身朝向湖面，臉上露出感慨萬千的表情。

白虎懷疑地問他：

「喂，騰蛇，你總不會是……」

金色眼眸看著白虎。

「總不會是因為上次勾陣把你打昏，所以你懷恨在心吧？」

「怎麼可能？」

他的表情看起來真的很震驚。

白虎看到那樣的表情也很訝異，心想可能是自己想太多了。

「我把她扔進湖裡，是為了治療她的傷，怎麼能說是報復呢？那傢伙也曾經把我扔進去呀！」

「不是嗎？那就好。」

晴明、昌浩和白虎都說不出話來，看著紅蓮。

分明就是懷恨在心嘛！他本人卻沒有察覺。

似乎有種種思緒在他心中打轉，總之，別人的心思是很難看透的。

望著波紋和緩的水面，晴明憂心地皺起了眉頭。

「嗯……可怕的還在後頭呢！」

狠狠瞪著他、要他記住的那雙眼睛，真的很生氣。

身旁的昌浩無奈地抬頭看著祖父說：

「您這樣不行哦！爺爺，惹勾陣生氣很可怕呢！」

他可是親身體驗過，因為紅蓮、勾陣和晴明今天連番訓了他一頓。

「嗯，到時候就把紅蓮拖出來擋，因為只有紅蓮打得過勾陣。」

不過，憑腕力是贏得了，憑嘴巴卻屢戰屢敗，恐怕也不是那麼可靠。

「喂！不要推給我，我可不想再跟那傢伙打第二次了。」

紅蓮滿臉不高興地插嘴，說完就變成了白色小怪的模樣。

「說真的，勾不能作戰就慘了。當需要總動員時，有沒有她差很多。」

聽到小怪這麼說，昌浩的表情頓時緊繃起來。

他蹲下來，配合小怪的視線高度。

「小怪，你說總動員是……」

小怪知道他要說什麼，聳聳肩，甩一下尾巴說：「我知道你想相信那個珂……呃，是比古，可是，萬一他找不到辦法把大蛇送回黃泉之國，就只好發動戰爭了。要是放著那隻大妖不管，不只道反聖域，整個出雲都會受害。」

夕陽色的眼睛直直看著昌浩。

「現在只有我、白虎和太陰可以正常行動，這樣下去情勢相當不利。」

昌浩緩緩開口向他確認：

「發動戰爭打倒大蛇，是最後的手段吧？」

夕陽色眼睛嚴肅地瞇了起來，白色耳朵微微抖動，面色沉重。

「那就要看九流族怎麼做了。」

「小怪！」

昌浩大聲抗議，小怪以眼神制止他，又低聲接著說：

「老實說，我不認為把八岐大蛇當成神來祭拜的九流族會那麼輕易收手。」

聽它說得那麼肯定，晴明的表情也緊繃起來。

那個救起六合與風音的比古神所說的因果關係，實在太沉重了。

為了奪回被奪走的東西，他們讓可怕的蛇神再度降臨。繼承九流族血脈的人幾乎都死光了，據說只剩下寥寥幾人，當代祭祀王恐怕是九流族最後一個大王了。

「昌浩，你仔細聽著。」

小怪的眼神堵住了昌浩的喉嚨。

「他們已經沒有後路，背負了族人的誓願，又被逼到絕境，很難想像他們會做出什麼事。」

昌浩的心怦怦跳了起來。

他一直覺得忐忑不安。在雨中遙望著迷濛的鳥髮峰時，那股縈繞在心中，揮之不去的感覺到底是什麼？

不只昌浩有某種預感，晴明也同樣感受到不祥的氣息。

昌浩相信比古，但心中某處不斷響起警鈴，卻也是事實。

心跳得好快，靜不下來。他總覺得非去不可，非去找比古不可。

不對，應該去的地方是那座鳥髮峰，那裡有東西敲打著昌浩的胸口。

玄武和天一正用波動牢籠困住蛇神的第一個頭，可能的話，現在最該做的應該是打倒那個頭，讓他們兩人得到解放。

神將們的神氣並非無限，他們現在已經有點強撐了。在帶著強烈妖氣的雨水中，嬌小的玄武和柔弱的天一正用渾身力量鎮壓著蛇頭。

「你可以相信比古，但是，我不認為那個真鐵會輕易聽從比古的話。」

劍術高超、帶著灰黑狼攻擊他們的年輕人身影閃過腦海。

昌浩下意識地摸摸被雷擊貫穿的左背，還有被利牙撕碎的大腿，想起早已消失的痛楚。

「我領教過他的劍法，所以我知道他是那種會為了自己的信念不惜拋棄生命的人，要改變他很難。」

即便是大王的命令，真鐵的意志恐怕還是跟他的名字一樣堅定吧！

「……」

小怪又繼續對沉默的昌浩說：

「再說，我們的心都被天條束縛著……雖然有跟沒有一樣，但畢竟還是有。」

這件事小怪說過很多次了。不只小怪，其他神將也跟他說過好幾次。

小怪——紅蓮說，自己沒有其他同袍那麼大的束縛，其實那只是他自己的說詞。曾經三次觸犯天條的沉重，早已變成誰也無法想像的創傷，烙印在他的心底深處。

「即使如此，為了保護你和晴明，不管多少次，我都會毅然拋開天條。」

昌浩緊張地屏住了氣息，小怪淡淡地對他說：

「喂，昌浩，我很擔心你。你相信比古沒關係，我也能理解你想相信他的心情。他應該也跟你一樣，可是，別忘了你們的立場不一樣。」

「小……怪……」

「要不然，有什麼萬一時，你會很難過。」

小怪的聲音很平靜，沒有責怪，也無意強迫昌浩怎麼做，說的都是真正關心他的話。

昌浩沒辦法反駁他，沒辦法叫他不要說這些話。

事情沒有絕對。比古是九流族的祭祀王，立場不同，等於所承受的命運不同。

比古背負著就快滅絕的九流族誓願，說穿了根本沒有任何自由，所謂大王就是這樣。

這些昌浩都知道，但被迫面對時，心還是如此動搖。

默默聽著小怪說話的晴明，忽然垂下了視線。

剛才他自己也說過同樣的話。

他也很想相信，既然彼此了解，就不用再擔心了。然而，他不會無知到天真地去相

信這種事，因為在漫長的歲月中，他看過種種例子。

為了所處的立場，有很多事都必須壓抑自己的心。

一直沒有說出自己真正想法的珂神，不就是這樣嗎？

白虎不忍心看昌浩垂頭喪氣的樣子，開口幫他說話：

「可是，騰蛇，那只是你的憂慮，說不定不會變成那樣。」

小怪很乾脆地點頭說：

「沒錯，你說得對，最好是我杞人憂天。」

昌浩的表情嚴肅，看著小怪的眼神更是僵硬。

「既然這樣，我們何不試著相信昌浩所相信的比古呢？不必完全相信，但總比一開始就懷疑他好吧？」

小怪搖搖尾巴，瞇起眼睛說：

「這個提議頗像你的性格，白虎，聽起來還不錯。」

看到小怪擺出妥協的姿態，昌浩才鬆了一口氣。

小怪正好玩地看著昌浩那種表情，忽然張大眼睛，臉上所有表情都消失了。

「小怪，怎麼了……」

昌浩回過頭，看到風音披著六合的靈布，慢慢走了過來。

# 5

小怪什麼也沒說，轉身面向湖面。

昌浩正要開口，就被白虎按住肩膀往後拉，於是沉默了下來。身材壯碩的神將還以眼神暗示他。他轉過頭，看到祖父的眼神也跟白虎一樣。

於是，他瞥了小怪一眼。

沉默的背影像是在拒絕風音。小怪直盯著波紋蕩漾的水面，不回頭就是不回頭。

「風音，六合呢？」

面對老人的詢問，風音微低著頭說：

「他的體力消耗過度……在正殿的房間休息。」

與母親重逢，稍微平靜下來後，她才發現六合已經連站起來的力氣都沒有了。

風音責怪自己沒有及早發現，六合對她說不是她的錯。

自己會跳入瀑布保護她的軀體，以及耗盡所有力氣，都是因為一心想奪回她，完全是為了自己。

這樣的付出所換來的東西，是無可取代的。

「晴明大人，請讓我跟騰蛇談談。」

小怪的肩膀顫抖了一下。昌浩看到了，不由得緊張起來。他大可不必給自己壓力，但是自然而然就會這樣，沒辦法。

「求求您答應我……」

風音再三懇求，眼神是那麼地真摯。

昌浩交互看著小怪和風音。

來道反聖域之前，昌浩稍微跟小怪聊過。

關於風音的事。

就像什麼前兆般，兩人聊起了她的話題。

昌浩知道小怪做過的事，也知道風音做過的事。

她被智鋪宗主欺騙，差點殺了年幼的自己。後來還要殺晴明，又再次對活著的自己下毒手。

最後深深傷害了小怪（紅蓮）的心，讓他觸犯了十二神將的天條。

昌浩下意識地握緊了拳頭，種種情景掠過心頭。

他還隱約記得，當時紅蓮貫穿他身體的手的觸感。被屍鬼附身的紅蓮，聲音雖然跟平常一樣，卻像冰一般冷漠、殘酷。

風音看著小怪的白色背部，臉色蒼白地顫抖著。從她的樣子就可以看出來，她是抱著必死的決心走到了這裡。

昌浩想了起來。

他曾拜託祖父一件很過分的事，當時，他一心想著非道歉不可，卻又真的、真的很怕見到祖父。

怎麼辦？萬一爺爺不原諒我呢？萬一爺爺不見我呢？

他清楚記得，那樣的不安在心中不停地打轉，他真的很想逃避。

真的、真的很害怕。但是，昌浩又深信，祖父一定會原諒他。

那兩種情感相互矛盾、完全相反，卻的的確確存在於昌浩心中，巧妙地混合在一起。

他看一眼身旁的祖父，再把視線拉回到風音臉上。

她的眼中充滿恐懼。

當然，因為她比當時的自己更害怕。

在京裡交談時，昌浩沒有看小怪的臉。當自己說「覺得很悲傷」時，小怪的夕陽色眼睛是什麼神情，他沒看到。

於是，昌浩猜想：

現在背對著他的小怪，眼神會不會跟那時候一樣？
沉默不語的晴明，輕輕嘆口氣說：
「紅蓮啊……」
小怪的長耳朵動了一下。
「我們回正殿等你哦！大家走吧！」
晴明催促昌浩和白虎，帶頭往前走。
經過風音身旁時，風音默默向他低頭致意。昌浩看著她的側臉，和她的視線有了剎那間的交會。
他們說過話，但沒有交過心。
會不會有那麼一天呢？
昌浩垂下了眼睛。現在不可能，但是，希望哪天兩人可以坦然相對。
「昌浩……」
他抬起眼睛，看到老人深謀遠慮的臉。
「什麼事？」
「你沒話想跟風音說嗎？」
昌浩低聲沉吟。這種時候，祖父總是能看透他不想被看透的心，而且也清楚知道他

不想被戳破，卻還是戳破他，所以總把事情搞得難以收拾。

就這點來看，爺爺還真是隻老狐狸呢！昌浩在心中這麼嘀咕著，無可奈何地回答說：「嗯，是有一點……」

「哪些話？」

「……說她做得太絕了……」

晴明點點頭，摸摸昌浩的頭。

「那麼，以後一定要跟她說。」

「咦？我怎麼可能說得出口？」

昌浩慌張地說，晴明看著他的眼神更加深邃了。

「為什麼這麼想？」

「因為……我還是不想傷她的心……」

晴明嗯嗯地點著頭，淡淡笑了起來。

「原來如此，因為不想傷她的心，所以不說啊！」

昌浩板起臉說：「小怪和風音都做了很過分的事，可是……都是被人擺佈的，我覺得不應該責怪他們。」

晴明瞇起眼睛說這樣啊、這樣啊，然後突然彈了一下昌浩的額頭。

「好痛！」

昌浩按著額頭向後仰，晴明瞇著眼睛笑說：「八十分。」

「啊……？」

昌浩不由得停下腳步，晴明催他快走，他才趕緊動起腳來。

本來想回頭看看風音和小怪，但是被晴明以眼神制止了。

神將白虎了解晴明的暗示，他也覺得昌浩的答案不是滿分。

但是，他並不全然否定昌浩絞盡腦汁想出來的結論，因為那麼想也沒錯。

知道自己努力想出來的答案似乎有缺陷，昌浩皺起了眉頭。問題到底出在哪裡呢？

他要再重新思考才行。

「為什麼是八十分？還有二十分呢？」

「怎麼，昌浩，你不打算自己找出原因嗎？爺爺實在……」

昌浩慌忙揮揮手說：「算我沒問！請等一下，讓我再好好想想，呃……」

面對自己內心的種種情感，昌浩自問到底缺少了什麼？

腦海中閃過風音的臉、小怪的背影、白色的背部與夕陽色眼睛。

直直看著自己的夕陽色眼睛，總是那麼地、那麼地溫柔。

還帶點無奈——

「……」

為什麼呢？他忽然在意起來，為什麼會帶點無奈呢？

紅蓮的確有罪，但自己並不想責備他，也不曾責備過他，為什麼他那樣的眼神還是不會消失呢？

晴明看著昌浩的表情，沉著地開口說：

「你很仁慈，絕不會責怪犯罪的人。」

「爺爺？」

老人摸摸滿臉疑惑的孫子的頭，淡淡地接著說：

「我也不打算責備他們，因為紅蓮已經受了傷，風音也懊悔不已。」

昌浩點點頭，他就是這麼想，覺得不能責怪他們。

「但是，」晴明露出複雜的眼神，「有時候，大家都這麼想，反而會把他們逼到絕境。」

「……咦？」

晴明出乎意料的話，讓昌浩張大了眼睛。

「當你對自己做的事懊悔不已時，大家卻對你非常仁慈，叫你不要在意，反而會讓你覺得更痛苦吧？」

五十多年前，晴明沒有責備紅蓮。沒有必要責備，因為晴明從生死邊緣回來，恢復意識時，紅蓮已經去過彈劾與判罪的阿鼻地獄了。

他好不容易才從徹底自責、似無底沼澤般的深淵爬回來，所以晴明什麼也沒說。

「可是，爺爺，你有責怪紅蓮嗎？」

昌浩的語氣充滿懷疑，晴明很乾脆地回答他：

「沒有，我沒有怪紅蓮。對吧？白虎。」

白虎默默點著頭，昌浩的表情顯得更加疑惑了。

「那麼……」

「有人嚴厲地責備了紅蓮，不知道該說是罵還是教訓，總之，就是毫不留情地責備了他。」

「誰？」

應該是青龍吧？八成是以他平常那種態度，狠狠地訓了紅蓮一頓。

怎麼想都覺得是他，而且是毫不留情地把紅蓮罵到體無完膚。

想著想著，愈想愈多，不由得生起氣來，很想對想像中的青龍說：「不必罵得那麼兇吧！」

看到昌浩突然半瞇起眼睛，晴明訝異地說：「昌浩，你以為是誰責備了紅蓮？」

「咦，是青龍吧？」
晴明深深嘆息。
「咦，不是嗎？咦，那是誰？」
昌浩大驚失色，白虎看著他的表情，強忍住苦笑，心想：青龍啊，他認為除了你之外不會有別人呢！
青龍的確把紅蓮臭罵了一頓，還氣沖沖地說要殺了他。以通天力量的差距來看，應該做不到，但青龍說得很認真，同袍們也都沒有責怪他的激動。
晴明回頭看一眼逐漸遠去的瑞碧之湖。
這樣的動作是在暗示誰呢？昌浩會意過來後，瞪大了眼睛。
「難道是勾陣？」
「就是她。現在回想起來，可以教訓十二神將中最強的神將，恐怕只有勾陣或天空了。」
據說紅蓮恢復正常後，還是處於半狂亂狀態。是當時在場的朱雀把如何鎮壓紅蓮的經過告訴了晴明，差點把晴明嚇暈了。
「總之，聽說勾陣給了他一巴掌，臭罵他是大笨蛋。」
因為具體的疼痛而回過神來的紅蓮一臉茫然，勾陣用所有想得到的話來譴責他，最後很直接地對他說：

「你犯了錯，一切都要怪你，你差點殺了晴明。」

還接著說：

「但是，晴明一定不會責怪你，所以，我也不再為這件事怪你了。」

「聽說罵得很精采呢……真是鬥不過女人的嘴巴。」晴明露出難以形容的表情，苦笑起來。

看著這樣的祖父，有個聲音在昌浩耳邊響起。

──傻瓜，以後不要再做這種事了。

那是成親在出雲時對他說的話。

「……！」

對了，他想起自己也一樣。所有人都對他很仁慈，沒有人對他說過責備的話，但他不就是因為這樣更感到愧疚嗎？

仁慈是不可或缺的東西，但有時還是需要嚴厲的對待。

昌浩低下頭，握起了拳頭。每個人一定都想對人仁慈，但是，有時候光仁慈是不行的。

有時，嚴厲的背後有著仁慈；有時，表面上仁慈，實際上卻是殘酷的。

明明犯了錯，卻沒有人責備，看似仁慈，其實非常殘酷，有的只是自己良心的苛責。

自己譴責自己，永遠譴責不完，還不如被誰責怪會比較好過一些。

所以晴明說他八十分。

「但千萬記住，你說的話也沒有錯。」

希望自己能原諒對方，而想去原諒對方，也是一種救贖。

「不過，現在對方可能還處在痛苦時期……當然，這只是我個人的感覺，不知道風音是怎麼想的。」

晴明說他不知道，但是，昌浩覺得一定就是祖父講的那樣。

他也知道，就是因為如此，風音才會說想跟騰蛇談談。

差點就要回頭看的他，自我克制了下來。

小怪（紅蓮）會對風音說什麼呢？

「小怪會怎麼做呢……？」

昌浩嘟囔著，晴明嗯嗯沉吟幾聲後，面有難色地說：

「這個嘛，紅蓮和風音都經歷過我們無法想像的痛苦，所以我也很難下定論。」

昌浩默默瞇起眼睛看著祖父。

心想，會這樣裝傻，果然是隻老狐狸。

老人與小孩的談話到此為止，白虎走在他們稍後方，無奈地苦笑著。

騰蛇和風音的確經歷過痛苦。

但是有件事，晴明和昌浩兩人應該都知道，卻完全遺忘了。

正在湖邊相對的兩人，都曾殺害晴明和昌浩，讓他們身負瀕臨死亡的重傷。

差點就死在其中一人手上的晴明和昌浩，對兩人卻無限寬大，還有足夠的胸懷體恤兩人受傷的心靈。

「真是的……」

所謂人類，真是神將們無法揣測的不可思議的生物。

水面的波浪搖曳起伏。

沒有風卻有浪，可能是鋪在水底下的出雲石波動掀起的。

瞬間閃過這種想法的小怪，以全副精神注意著背後女人的動靜。

她似乎站在原處，動也不動。

晴明他們已經離開一段時間了，她幾次開口，都欲言又止，結果到現在什麼也沒說。

風音什麼都沒說，所以小怪也保持沉默。不回頭，是因為還沒有作好跟她面對面的心理準備。

聽到她死亡的消息時，掠過小怪（紅蓮）胸口的是「安心」。

那是非常自私的「安心」。

風音不在了。那麼，就不必把憤怒和憎恨發洩在她身上了。只要在自己心中，將經歷過的痛苦和悲哀昇華就行了。

人類非常仁慈，仁慈到令人心痛，所以不能再讓他們看到在自己體內醜陋膨脹的負面情感。

不管聽起來多麼冠冕堂皇，這都是紅蓮真正的心聲。

——我覺得很悲哀……

昌浩的低語在耳邊繚繞。

小怪閉上眼睛。

昌浩，你真的很仁慈，希望我可以像你那樣原諒她。

選擇這個白色的異形模樣，就是為了接近那孩子的心。如果那孩子希望我原諒她，那麼，我會盡全力去做。

然而，一方面希望自己變得仁慈，卻還是有聲音大叫著「我不能原諒她」。

相反的情感總是相互對抗，但兩者的確都存在於自己體內，絕不虛假。

好像有陣風輕輕吹過。

默不作聲的風音終於開口了。

「騰……蛇。」

小怪悄悄張開眼睛。

那不是記憶中充滿憎恨的聲音。

她的聲音是如此孤獨無助嗎？聽起來就像失去依靠的孩子。

然後，它「啊」地恍然大悟，難怪六合會把手伸向應該是敵人的她。

勾陣善於發掘人的本質，六合則是善於看透對方的性情。不過，只要對方不想被看透，他就不會去干涉，所以就這點來說，六合是個很好相處的男人。儘管沉默寡言又面無表情，很容易被誤解，但是習慣以後，了解他是那樣的個性，就不會在意了。

自己和風音同樣都背負著心靈創傷。

它並不想與風音彼此憐憫，不想彼此舔舐傷口，也不想彼此分擔痛苦，或彼此憎恨。

小怪一點都不想要這些，風音應該也不想要。

沉在水底的同袍要是看到現在這個情景，會說什麼呢？

小怪眨了眨眼睛。

一定會環抱雙臂，苦笑著聳聳肩膀吧？然後，一句責備的話也不說，只是搖頭嘆息，望著自己。

紅蓮只有在五十多年前被她罵過一次，那之後，她就沒有再打從心底苛責過紅蓮，如她當初所說。

「不對……」

小怪在口中嘟囔著，苦笑起來。

在恢復記憶的那個海灣，她又罵了紅蓮。像以前那樣，又給了他一巴掌，還說了同樣的台詞。

心中充滿自責的它，自嘲地歪起嘴巴。

啊！真是的，可見自己五十多年來都沒什麼改變，太悲哀了。

很不想被人看到自己窩囊的樣子，最近卻好像愈來愈難了。

在可以掏心掏肺、傾訴心情的人面前，幾乎沒辦法掩飾。

好幾張臉龐從腦海閃過。因為他們的關係，單純的世界變得複雜了。

這麼胡思亂想的小怪，平靜地開口了。

「——因為你的縛魂術，我傷了昌浩，第三次觸犯了十二神將的天條。」

它沒有回頭，淡淡說著。

以前，它曾認為自己沒有權利譴責風音，因為犯了錯的自己，沒有那樣的資格。

但是，小怪（紅蓮）知道，其實並不是那樣。

從氣息可以感覺到，風音倒抽了一口氣，全身顫抖著。

注視著水面的小怪，猛然抬起頭。

「我知道妳被智鋪宗主騙了。」

小怪甩甩白色尾巴，沉重地瞇起眼睛。

「但是，十一年前妳謀害昌浩是事實。」

「……唔……」

風音低下頭，左手緊緊抓住右手臂，咬住嘴唇，強忍住大叫。

她沉默不語，小怪淡淡的聲音繼續扎刺著她的耳朵。

「我也不會忘記，妳曾企圖殺死晴明。」

風音閉上了眼睛。

這些她都知道，但是真的被迫面對時，還是讓她痛不欲生。

曾經因為她的計謀而陷入絕望的騰蛇，每句話都比刮在她身上的刀刃還要銳利，徹底擊潰了她的心。

風音深深吸口氣，顫抖地擠出聲音說：

「嗯……你說得沒錯。」

忽然，心頭一陣酸楚，她極力壓抑，止住顫抖。儘管眼角發燙，視野變得模糊，她還是靠僅有的力氣強壓住了。

因為她不想成為狡猾卑鄙的人。

「我絕對不會忘記，是我讓你犯了錯。」

風音緊緊抓住披在肩上的靈布，努力把話說出來。

要是沒有東西可以抓，她恐怕會崩潰。

「我不奢望你原諒我，我知道我沒資格說那種話。」

小怪的耳朵動了一下。

白色、嬌小的異形模樣，一點都不像那個騰蛇。

然而，背影飄盪的氛圍，的確就是騰蛇的情感。

它保持異形的模樣，應該是對她最低限度的體恤。

封住神氣的異形模樣，隱藏了十二神將之騰蛇與生俱來的酷烈。

「但是，我還是要跟你說對不起……我知道不管我怎麼說都不夠，可是，無論如何……我還是要說……」

用來謝罪的話多得是，只是就算把那些話都說出來，也不足以乞求原諒。

所以即使到現在，她還是說不出決定性的言靈。她知道非說不可，也努力地想說出口，卻怎麼都發不出聲音來。

現在非說不可，絕不能說其他事，她都知道，可是為什麼……

她一隻手掩住嘴巴，哽咽地吸口氣，淚水差點掉下來。

「我……我……」

有種喉嚨被堵住的錯覺，她微微喘著氣。若不是有深色靈布包覆著她，她說不定已經倒下來了。

「騰蛇……！」

小怪忽然甩一下尾巴，轉過身來看著風音。

夕陽色的眼睛直直看著風音，眼眸之中蕩漾著平靜的光芒，平靜得令人驚訝。

風音連眨眼都忘了眨。

因為小怪一直背對著她，所以她不知道小怪是怎麼樣的表情。但是，她猜想一定是充滿了憤怒、充滿了憎恨，還有怨懟、焦躁、仇視。

她想一定是這樣，所以小怪才不回頭。

沒想到小怪的眼眸出奇地沉靜、透明，看不到一絲絲的感情波動。

風音啞然無言，小怪平靜地對她說：

「我沒有辦法馬上回答妳，原諒或不原諒。」

沒錯，這是它真正的心聲，然而……

有個聲音在耳邊響起。

——小怪，你當我的眼睛嘛……

那孩子被傷得那麼重，卻還是對它說了那樣的話。

人類這種生物，無限仁慈，也無限堅強。

它總是期盼著更貼近他們的心。

「我不會忘記妳做的事，但也不會再譴責妳了。」

風音目瞪口呆。

小怪眨眨眼睛，甩甩尾巴說：

「妳跟我……都需要時間。」

不是為了彼此傷害，而是為了某天可以彼此原諒。

## 6

小怪搖搖擺擺地走著，走向女巫的私人居所——正殿。看到前方迎面而來的人，它眨眨眼說：

「嗨！旦那②。」

腳步比想像中穩健許多的六合微微皺起眉頭，停了下來。

同袍沉默地低頭看著自己的視線似乎有點嚴肅，小怪瞇起眼睛說：

「不要找我碴哦！」

「我什麼都沒說啊！」

的確沒說。

小怪半瞇著眼睛。

「你是沒說話，但無聲中帶著質問吧？」

「你才是在找碴吧？」

「不，絕對沒錯，你是個沉默寡言、面無表情，眼睛卻很饒舌的傢伙。」

被小怪嘀嘀咕咕地抱怨個不停，六合也忍不住板起了臉。

「騰蛇。」

聽到六合比平常嚴厲的聲調，小怪聳了聳肩膀說：

「我要去找晴明他們，至於風音，應該還在湖邊吧！」

六合的眼睛閃動了一下，黃褐色的眼眸神情複雜。

雖然沉默寡言、面無表情，那雙眼睛卻有著豐富的情感。小怪早有這樣的感覺，只是現在更確定，那分情感遠超過它預料之外。

勾陣說觀察人很有趣，原來就是指這種事。窺視人的另一面，果然很有意思。

「再見。」

小怪甩甩尾巴，經過六合旁邊，拔腿往前跑。

六合轉頭看著身影愈來愈小的小怪，輕輕嘆了口氣後，走向瑞碧之湖。

風音聽到腳步聲，立刻轉過身去。

看到六合，她的臉上浮現種種情感，好像鬆了一口氣，又好像很悲傷。

本以為她在哭，沒想到她臉上是乾的。

六合默默往前走，走到她身旁後，便緩緩蹲坐下來。單腳弓起、席地而坐的他，望著水波蕩漾的湖面。

這樣沉默地看著湖面好一會後，六合平靜地開口說：

「聽說勾陣正沉在底下。」

風音看著坐在身旁的男人，眨眨眼睛，也望向湖面。

「是嗎……？」

只聽守護妖嚴說蜈蚣和蜥蜴都沉在湖底，沒想到神將也在這裡療傷。

自己差點倒下時，就是神將勾陣用肩膀撐住了她。年紀看起來只比她大一點，不過，神將的實際年齡無法以眼睛判斷。

六合也是一樣。

繼承道反大神血脈的風音，也是活在跟人類不一樣的時間之流中。如果沒什麼意外，她的成長就會在某個時間停止，然後度過跟神一樣的無限時間。

但是，在沒有完全淨化的狀態下甦醒，勢必會在某個時間點產生偏差。

自己的生命遲早要重新來過，只是在那一天到來之前，還是會活過比人類更長的時間。

她默默看著六合的眼眸微微蕩漾著。

十二神將也幾乎是不老、不死的存在。

到了那一天，他會不會等自己重生呢？

「……」

風音甩甩頭。現在不該想這些，因為還有非做不可的事。

她嘆口氣，發現原本望著湖面的黃褐色眼睛正看著自己。

「怎麼了？」

風音偏著頭問。六合沒說話，搖了搖頭，然後像催她似地站了起來。

「彩輝？」

他對疑惑的她伸出手，簡短地說：「嵬在找妳。」

風音張大了眼睛。因為嵬睡得不省人事，所以她沒叫醒它就出來了。

「是誰告訴它我回來了嗎？」

問完後才想到，應該是聽母親說的，不禁覺得自己這麼問很愚蠢。

「它驚慌失措地到處問公主在哪裡。」

「你沒跟它說我在這裡？」

六合面無表情地點點頭。

盯著他看的風音噗哧一笑，把手指抵在嘴上說：

「難怪嵬會擔心，它天生就愛操心……」

看到朝霞般的眼眸變得柔和，風音訝異地眨眨眼睛。六合難得用沉穩的聲音對她說：「原來……妳笑起來是這個樣子。」

沒料到他會這麼說的風音啞然無言，一直忍著的某種情緒終於如潰堤般一湧而出。

「……嗚……」

她低下頭，不想被看見沾濕臉頰的淚水，六合輕輕摟住了她。

顫抖著肩膀，忍住不哭出聲來的風音，在心中發誓。

絕對不會忘記，絕對不會。

不會忘記他攤開事實，譴責她的罪行，最後又給了她救贖。

希望有那麼一天，可以找到坦然面對他那分心意的路。

到時，她一定會報以泉湧——

✦ ✦ ✦

珂神比古閒散地坐在府邸南側的廂房，看著烏雲中明滅不定的閃電，迷濛地瞇起了眼睛。

天就快亮了。

「天一亮，我被囚禁的兄弟就會得到解放。」

珂神嚴正地宣示。

雨中的荒魂妖氣愈來愈濃烈，應該是覆蓋了整個出雲，而不只是鳥髮峰。

在珂神背後待命的真鐵遙望著煙雨濛濛的遠方。這場雨是下在以前九流族大王所統御的領地。

受荒魂保護的九流族擁有強大的勢力，遠超過祭拜其他任何比古神的比古們。是天津神與祭拜天津神的朝廷勢力，奪走了這一切。曾經在這裡發生過的血腥戰亂，都被他們從紀錄中抹消了，取而代之的是「國讓」③之類的神話。

僅存的九流族子民逃到了荒魂棲息的鳥髮峰，悄悄生活著。

——那麼，是九流族輸了。

年幼的聲音在耳邊響起，真鐵閉上了眼睛。

只有他可以教育比自己小八歲的最後一個族人珂神比古，因為真赭是狼，而且剛出生的茂由良和多由良跟珂神一樣，都是需要照顧的孩子。

真鐵自己也還是個未成年的孩子，但是，自從開始教育比自己小的珂神，並背負起守護、傳承九流族的責任後，他就不再把自己當孩子了。

在真赭的教導下，他全心全意照顧著還不會走路的小嬰兒。當小嬰兒開始會爬時，他好感動。那麼小、像猴子一樣的小嬰兒，真的一天天長大了。

但是，開始會爬後，就更要隨時盯著了。

小嬰兒會在只有他們幾個人的空曠府邸裡，盡情地爬來爬去。只要門開著，他就會搖搖晃晃地爬出去，不管颳風或下雨。

而且，還有多由良和茂由良在旁邊火上加油。多由良還好，跟它說，它會乖乖聽話，問題是茂由良。

它實在太皮了，只要珂神跟它在一起，一定會引發什麼騷動。

被罵時，他們就會沮喪地垂下頭，乖乖聆聽叨叨唸個不休的訓示。但是一放走他們，等事情平息後，他們又會馬上做出什麼事來。

真鐵要確保自己與珂神生活必需的食物，有很多事得做，荒魂的祭祀也不能懈怠。這些全都落在真鐵肩上。

儘管如此，當珂神玩得筋疲力盡而睡著時，看著他幼小的睡臉，所有疲勞就都煙消雲散了。

保護這個孩子是自己的使命，他之所以在這裡，就是因為這孩子和九流族的誓願都被託付給他了。

就這樣，他很努力地跟珂神、真赭還有多由良、茂由良一起，活到了現在。

曾經，他唯一的小小願望，就是永遠過著祥和的生活。

然而，那個小小願望，終有一天會結束。

真緒告訴他，當珂神十五歲時，必須完成身為大王的任務。從那天起，一直被叫做珂神的少年，就成了九流族的祭祀王。

「……」

他悄悄張開眼睛，看著珂神。

以前守護的那個嬰兒已經不在了，一直生活在一起的灰白狼也不在了。

齒輪動起來了，再也不會回到從前。

在轟隆隆的雷聲中，聽到珂神比古所代表的意義時，真鐵就下定了決心。

不曾間斷的雨，應該可以沖走自己緬懷過去的脆弱吧！

背緊挨著牆壁、身體縮成一團的彰子，猛然抬起頭來。

害怕得直喘氣的她，竟然在不知不覺中打起了瞌睡。

她不禁對自己的膽量感到驚訝，同時又覺得好笑，噗哧笑了起來。

沒錯，自己並不怯懦，至今以來經歷過太多可怕的事了。

她曾因為沒聽昌浩的話，被抓去貴船；也曾遭遇可怕的異邦妖魔，回應了窮奇的聲音；還曾在來歷不明的異界，被怪和尚追著跑。後來甚至代替同父異母的妹妹入宮，在後宮被殘留於體內的詛咒折磨得死去活來。


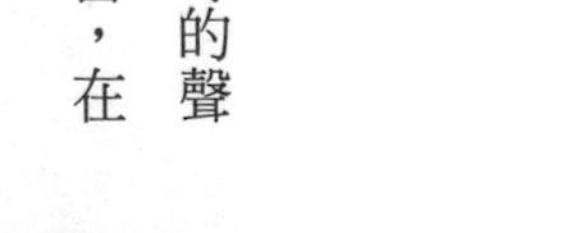

努力保持鎮定，做個深呼吸後，她感覺喉嚨稍微顫動了一下。

她瞄一眼右手背，看到歪七扭八的淺淺傷痕。

被帶來這裡還不到一天，應該再過些時候，窮奇的詛咒才會發作。

彰子咬住嘴唇。

非想辦法逃走不可。

要在詛咒發作、身體動彈不得之前，在她還能自由行動之前，儘可能逃得遠遠的。

這裡是出雲，昌浩就在出雲的某個地方。

彰子握起拳頭，像祈禱般閉上了眼睛。

快想起來。昌浩說他要去道反聖域，道反聖域究竟在哪裡？

她曾纏著盛夏時回到京城的昌浩，要他說出雲的事。

——呃，道反聖域在這一帶。

她很喜歡看昌浩指著地圖說明的模樣，昌浩會為沒有離開過京城的她，詳細清楚地敘述自己的所見所聞，那樣的體貼讓她很開心。在地圖上看到昌浩買瑪瑙的地方「玉造」時，她不禁想像著那是什麼樣的地方。

昌浩那時送給她的手環已經不在左手腕上了。彰子輕輕握住手腕，做了好幾次深呼吸。

沒有任何東西可以抓，也沒有任何人可以依靠，她第一次陷入這樣的困境。

她閉起雙眼，眼底浮現昌浩的身影。

昌浩隨時都跟可怕的妖魔或怨靈戰鬥著。他有十二神將，還有晴明陪著他，然而在最後關頭，搏命奮戰的還是他自己。

彰子總是被保護著，就只是被保護著。她從來都不認為自己理所當然該被保護，但是老實說，她也不太了解昌浩所肩負的苦難。

她要活著回到昌浩那裡，她想待在昌浩身旁，她想聽昌浩的聲音。

她相信，就像她總是期盼著昌浩回來那樣，昌浩一定也如此期盼著。

現在，比她出生、成長的豪華東三条府邸舊一點，但面積比想像中大很多的安倍家，才是她該回去的地方。

灰黑狼多由良冷漠地看著沉默思考的彰子。

茂由良死了，珂神完全變了樣。

這些事讓多由良感嘆不已，母親真赭和真鐵卻顯得毫不在乎。

交代你看著荒魂的祭品，你怎麼會那麼沒用，突然昏倒了呢？

被母親如此嚴厲斥責的多由良什麼也沒說，深深垂下了頭。它沒辦法為自己辯解。

若不是真鐵發現彰子，抓住了她，她一定已經逃出去了。

在八岐大蛇荒魂的八頭八尾取得完整實體時，獻上那個祭品，就可以把蛇神永遠留在這世間。

要把從九流族大王手中搶走這片土地的人統統殺光，荒魂才會息怒。

這就是死去的九流族人民的誓願。

緊閉的房門發出嘎噠聲響敞開了。

多由良極緩慢地轉過頭，移動無精打采的眼眸，看到珂神站在門口。

彰子屏住了氣息。

珂神看著顯然很害怕的彰子，嗤笑著對身後的真鐵說：

「她差點就逃走了？」

「不會再有第二次了，我們的大王珂神比古。」

珂神細細地瞇起眼睛。

「你不過是個臣子，不要隨便喊那個名字。」

真鐵微微皺起眉頭，默默低頭行禮。

被稱為「大王」就會露出寂寞表情的珂神的模樣，刹那間閃過眼底。

再也不能喊那個名字了。

「你叫什麼？」

珂神平靜地問。真鐵抹去臉上所有的感情，回答他：

「真鐵。」

「哦?那麼，真鐵，」珂神瞥一眼蹲坐著、只轉動脖子的狼，冷冷地說：「這隻黑毛野獸好像也很想死，就跟那隻慘死的狼一樣。我們兄弟都很寬大，只要它這麼想，我們隨時都可以送它去找那隻死去的狼。」

聽到珂神這麼說，多由良驚訝地張大了眼睛。

灰黑狼搖搖晃晃地站起來，顫抖著張嘴說：

「珂……珂神……你……！」

無法克制的激動卡住喉嚨，它再也說不出話來。

多由良還記得，在樹葉間灑落的陽光下，緊挨著灰白狼睡覺的孩子。

多由良還記得，在雪中，迷了路還感冒的灰白狼和孩子。

它都還記得，都還記得。

就是這雙手，一次又一次撫摸過它們的身體；就是這個聲音，一次又一次呼喊過它們的名字。

每次喊他「大王」，他的眼神就會寂寞地蒙上陰影。但這是母親決定的事，多由良只能服從。茂由良好幾次抗議說，珂神就是珂神，沒辦法喊他大王，多由良還斥責弟弟說這是臣子的義務。

可是，這個人是大王嗎？難道這才是命中注定要統御九流族子民的珂神比古真正的模樣？

珂神冷冷地看著低鳴的多由良，忽然伸出手來，指尖啪唏啪唏出現了雷擊彈丸。

就在真鐵倒抽一口氣時，珂神隨手射出了雷擊彈丸。

響起重重的撞擊聲，雷擊擦過多由良的腹部，把地板打凹了。地板的一角發出巨響，破裂飛散，微微冒起煙霧，飄盪著木頭的燒焦味。

牆邊的彰子抱著頭慘叫。

多由良搖搖晃晃地彎起前腳，那股衝擊貫穿了它的心。

珂神看著茫然不動的多由良，眼神冷得像冰一樣。

「跟隨九流族的妖狼後裔啊！我們不需要廢物，如果你成為障礙，我就把你的身體送給我們的兄弟當玩具。」

玩具？

多由良的眼眸彷彿要爆開了。

心跳加速，不停地狂奔著。灰黑狼發出喘息聲，四肢彎折，像斷了線的木偶般趴了下來。

真鐵看不下去了，開口大叫：「多……」

「真鐵，」珂神知道他要說什麼，打斷了他，轉身對他說：「阻礙我們兄弟再度降臨的那些混蛋在哪裡？」

真鐵訝異地皺起眉頭，珂神冷哼一聲說：

「紅毛狼似乎很清楚侍奉大王是怎麼回事，像她那麼聰明就沒什麼好挑剔了。」

珂神這麼淡淡地批評著。真鐵看多由良一眼，回他說：

「那些人在簸川對岸，靠近意宇郡邊境的山中。」

抱著頭屏住氣息的彰子肩膀抖動了一下。

「被困住的第一個兄長正在呼喚我，它說在那裡的不是人類。」

面對半瞇起眼睛低喃的珂神，真鐵臉色沉重地反問：

「你是說，第一個頭被道反陣營的非人類抓住了？」

「沒錯……它被雕蟲小技的靈結固定在地面上了，去解放它。」

「……」

真鐵接到命令，默默低下了頭。

珂神轉身離去前，回頭對趴在地上動也不動的狼說：

「狼，不要再讓祭品逃跑了，如果再犯那種大錯，就用你的命來贖罪。」

多由良的背部微微顫抖起來。

房門發出特別沉重的聲音關上了，門上纏繞著冰冷的風，是珂神施法從外面把門鎖上了。

全身僵硬地縮成一團的彰子，緩緩抬起頭，看著緊閉的門。

她想起真鐵說的話。

簸川對岸、意宇郡邊境。

她在腦中描繪地圖，回想昌浩告訴過她的地名。

簸川應該是從仁多郡流向大原郡，再沿著大原郡與飯石郡的邊境往前延伸，最後注入神門水海。意宇郡在大原郡的東邊。

她不知道這裡是哪裡，不過要是沒猜錯的話，從這裡向北走，說不定就可以走到道反聖域。

道反聖域在靠近海灣的地方。這裡是高山上，一直是烏雲密佈，看不見星星，所以沒辦法分辨方位。

彰子雙手交握。

只要有陽光就行了。太陽就快升起了，即使只有一瞬間也好，只要烏雲暫時散去，看到陽光，就可以辨別方位了。

心臟撲通撲通跳得好快。

在安倍家，神將們和晴明都教過彰子許多事。那些都是她身為藤原千金時不必知道的瑣事，但是，要在安倍家過著平凡的生活、要跟身為陰陽師的安倍家人一起生活，那些都是絕對派得上用場的知識。

譬如，樹枝生長的方向、觀星的方法、如何讓火燒得旺。

安倍家的人教給彰子的，都是身為當代第一大貴族千金不需要學的技能。

快想起來。晴明的房間是獨立在某個區域，那個房間的結構是入口處在西側，東側和南側是板窗，北側是有窗戶的牆壁。

不管任何建築物，結構都會考慮到採光。即使是悄悄生活在出雲山裡的人們，應該也是一樣。

彰子邊注意著動也不動的多由良，邊觀察房間的結構。

有窗戶。雖然緊緊關著，但有兩扇窗，剛才看到的走廊也有窗戶。

對照這種種景況，彰子下了結論。

這邊是南側。那麼，只要朝反方向前進，就可以到道反聖域了。

但是，結論就僅止於此。

彰子知道自己有多無力、多脆弱。

沒有任何力量的自己，一個人逃入山中，也不可能平安到達道反聖域。

「可是，非逃不可……」

彰子在口中喃喃自語，咬住了嘴唇。

假使繼續待在這裡，會發生很可怕的事。

既然逃不逃都要面對可怕的事，還不如想怎麼做就怎麼做，即使是毫無意義的行動，也比最後懊悔沒做好多了。

發現自己有這樣的想法，彰子微微笑了起來。

都還不到一年呢！

去年的現在，自己還在東三条府邸，過著什麼都不缺的千金大小姐生活。比現在奢華許多，從來沒想過「總比後悔好」之類的事。

啊！對了。

她閉上眼睛。

一年多前，她已經遇見了昌浩。

她深信，就是因為昌浩，自己的命運才會開始動起來，走上跟原本的星宿命運不同的道路。

彰子調整呼吸，站了起來。

「……」

多由良眼神渙散地看著她。

心想：自己到底在做什麼？

珂神下令不能讓她逃走，這是絕不能違逆的王命啊！

然而，自己卻在心底深處，拒絕服從那種不仁道的大王。

珂神、珂神比古，從懵懂無知時就一起成長的兄弟啊！你究竟到哪裡去了？

多由良的心被緊緊揪住了。

茂由良說它很害怕，說了好幾次。

為什麼我不聽它說呢？它那麼害怕，為什麼我不聽它說呢？

就是因為當時沒能發現，現在才這麼後悔。但是更令它心痛的是，即使發現了，它也無能為力。

它所期盼的只是微乎其微的事。

卻再也不可能挽回了。

看著彰子觀察牆壁的模樣，多由良發現她在打什麼主意，皺起了眉頭。

別傻了、別呆了，妳根本逃不了。妳是祭品，妳的靈魂很快就會成為重要祭品，把再度降臨的荒魂完整地留在這世間。

然後，荒魂就會為九流族滅了這個國家。
忽然，聽到什麼聲音。
多由良眨眨眼睛，豎起了耳朵。
除了彰子外，它身旁沒有任何人。
到底是誰？
彰子也注意到多由良晃動耳朵的模樣。
她注視著灰黑狼，突然張大眼睛，倒抽了一口氣。
「啊……！」
有聲音傳入多由良耳中。
——不可以哦……
三角形的耳朵顫動得更劇烈了。
多由良張大眼睛，更清楚地聽見了那個聲音。
——不可以哦！多由良……
彰子看著目瞪口呆的多由良，喃喃喊著：
「茂……由良？」
在灰黑色的毛之中；在烏黑的雙眸之中。

長得一模一樣，只有毛色不一樣的狼，像升騰的熱氣，與多由良重疊著。

灰白狼擔心地偏著頭。

——不行哦！彰子是好人，讓她害怕太可憐了。

## 小怪的陰陽講座

②「旦那」是日語中對老爺、大人等的尊稱。結城老師在第四集《災禍之鎖》的後記中，曾寫到想叫六合「旦那」，如今小怪算是完成了他的心願啊！六合，你別皺眉嘛！總比被叫「小六」好吧？

③在日本神話中，大國主神奉了天照大神之命，透過使者建御雷神，將國土獻給天照大神的曾孫瓊瓊杵尊，一統國家，稱為「國讓」。另外還有「國生」，是描述國家形成的神話。

7

生理時鐘喚醒了昌浩。

他忽然張開眼睛，睡眼惺忪地看看四周。

映入眼簾的是不熟悉的牆壁與天花板。

茫然失神好一會的昌浩，在視野一角發現縮成一團的白色小怪。

「啊！小怪。」

昌浩使勁地撐起上半身，揉揉眼睛。

一直在外面活動，他其實已經很累了，只是精神太過緊繃，所以不會想睡。而且，道反聖域的時間流逝跟人界不一樣，又沒有太陽照射，很難感覺得出來是什麼時刻。

但是，身體還是訴說著疲憊。奪回風音的身體、與比古和解，返回道反聖域後，整個人就鬆懈下來了。

他只記得跟祖父一起在女巫那裡談話，覺得眼皮愈來愈重，那之後就沒有記憶了。

「哇！我竟然在女巫面前打瞌睡……」

聽到他抱著頭低聲慘叫，小怪抬起頭，眨了眨眼睛。

「喲，你醒了啊？」

昌浩瞪著小怪說：「還敢說『你醒了啊』。」

小怪不解地偏起頭說：「怎麼了？你看起來不太開心呢！」

它坐起來，抬頭看著昌浩。半瞇起眼睛的昌浩抓起它的脖子說：

「我也知道不管怎麼樣，在女巫面前打瞌睡都是很扯的事啊！」

小怪搖搖尾巴，完全不當一回事地說：「反正女巫又不在意，有什麼關係呢？她還後悔得不得了，說是他們的委託把你累成那樣。」

「咦？」

昌浩一慌張，就把小怪扔了出去。被扔出去的小怪一個旋轉，平安著地，皺眉瞪著昌浩。

「你……」

昌浩從床上下來，這才露出疑惑的表情。

「咦，這是哪裡？」

他環顧房內，滿臉驚訝。小怪用後腳搔搔脖子一帶，回他說：「是正殿裡的一個房間，好像是所謂的客房。不過我很懷疑，會有客人來住聖域嗎？」

說得也是。

昌浩不由得在心裡同意它的說法。不過仔細想想，自己不就來了嗎？可見還是會有人來。

昌浩穿的是前幾天女巫借給他的道反服裝，在山裡沾到了小怪身上的泥土，跟比古對打時又弄得更髒，已經慘不忍睹了。

由於他就這樣躺著睡，所以床也遭殃了。寢具摸起來沙沙的，上面掉滿了泥沙和塵埃。

「這下子很難恢復原狀了……」

攤開被子一看，昌浩不禁驚訝得說不出話來，小怪滿不在乎地說：

「回家前得好好清洗、打掃才行。」

由於沒有衣服可換，昌浩只能穿著髒衣服走出房間。晴明可能是察覺昌浩醒了，正在走廊上等著他。

「有好好休息嗎？」

晴明的身旁有六合和白虎，他們看起來也稍微休息過了。

六合的體力消耗過度，只休息一下，恐怕很難復元，不過，臉色看起來還不錯。

小怪猜測，晴明應該是用了快速痊癒的咒語。它跳上昌浩的肩膀說：

「晴明，你也休息夠了嗎？」

「不用擔心，我有女巫借我的出雲石，狀況好得很。」

「真的嗎？」

晴明對懷疑的小怪淡淡一笑，看著昌浩說：

「昌浩，女巫幫你準備了乾淨的衣服。」

「咦，真的嗎？那太好了。」

昌浩打從心底鬆了一口氣。

晴明覺得好笑地看著他，指著隔壁房間說：

「衣服放在那裡，換好後去女巫那兒。」

「是。」

晴明和白虎先過去了。

昌浩很快換好衣服後，急匆匆地趕到女巫的房間，小怪也搖搖晃晃地跟在後面。在半路上等他的白虎告訴他，不是在寢室，而是在其他房間。

昌浩先在外面打過招呼才進入房間，此時不由得停下腳步，看了房內一圈。

女巫坐在最裡面的長椅上，一隻烏鴉停在椅背上，風音挺直了背站在後面，穿著跟女巫很像的衣服，紮起了頭髮。

這樣看起來，風音真的跟女巫很像。只是風音的眼睛比較有神，整體感覺也比較柔韌。會這麼覺得，可能是因為與昌浩交手過很多次的風音，曾經靠精湛的劍術和靈力擊倒過自己和神將們，那模樣還記憶猶新吧！

於是，他開始想一些有的沒有的事。

他覺得風音這樣站著，明明就像個嫻靜溫柔的女人，怎麼可能那麼強悍？

然而，哪有什麼不可能呢？事實就是這樣，不管他怎麼努力、怎麼反抗，都贏不了風音的靈力和劍術。

被判定沒有天賦的劍術也就罷了，連靈力都差她一截。

想著想著，昌浩忽然想起一件事。

對了，她是道反大神與女巫的女兒，身上流著一半神之血，靈力當然比一般人強。

小怪斜眼看著滿腦子胡思亂想的昌浩，莫可奈何地瞇起了眼睛。

晴明坐在女巫對面的長椅上。

他拍拍空的座位催昌浩坐下來後，神情緊張地開口說：

「太陰的風說，第一個頭開始慢慢動了起來，沒多少時間了。」

女巫和風音的眼中都浮現緊張的神色。

「天一和玄武都差不多撐到極限了，必須讓他們先回來這裡休息一下。」

「這期間，第一個頭怎麼辦？」

面對女巫的問題，晴明如深思一般低下了頭。

「我要拜託女巫大人一件事。」

道反女巫以眼神催他說下去。

晴明行個禮，接著說：

「經大神加持過的道反丸玉，可不可以再多借我幾個？」

他要用丸玉畫出五芒星，再以五芒星為主軸佈設結界。陰陽術的五芒星結界，會比玄武的波動牢籠更堅固。

「剛才我跟它討論過。」

晴明說著，瞥一眼坐在長椅下面的小怪。小怪甩甩尾巴回應，夕陽色的眼睛瞇成了細細一條縫。

「要一口氣打倒所有的頭，還是很困難。所以，最好的辦法是把頭一個一個打倒，再把尾巴一條一條打倒。」

聽著晴明的這個提議，風音只是眨了眨眼睛，沒有出聲。六合把這些看在眼裡，似乎發現了什麼，微微皺起眉頭。

「可是，大神所說的從這裡被奪走的咒具，還下落不明……既然是讓蛇神復活的必要東西，就不能不去找。」

「嗯……那是蛇神再度降臨的關鍵，九流族無論如何都需要那東西。即使打倒形成實體的頭和尾巴，只要那東西落在九流族手上，蛇神就可以再醒來無數次。」

晴明深深嘆息，那分沉重，顯現出事情的嚴重性。

沒有正規的占卜工具，就看不出明確的結果，但也只能占卜看看了。

其實，晴明暗自猜測，應該是在大蛇棲息的瀑布附近。

簸川的河水被染得通紅，真鐵他們奪走的大蛇額頭上的鱗片，應該就在這條河流源頭的某處。

晴明這麼認為。

然而，這只是揣測，雖然陰陽師的直覺很值得相信，但還是要講求精確。

沉默了許久的昌浩，這時候舉起手說：

「啊，那麼……」

所有人的目光都落在他身上。

「我來做丸玉的結界，爺爺去找咒具。」

晴明點點頭，回昌浩說：「這個嘛，我用離魂術前往也是可以……」

小怪理所當然似地插嘴：「你還是先留在這裡待命，以防昌浩把事情搞砸了。」

昌浩不高興地豎起眉毛說：「喂！小怪，聽你這樣說，好像我注定要失敗耶！」

小怪微微瞇起夕陽色眼睛，斜站著說：

「我又沒那麼說，只是考慮到萬一啊！」

「沒想到連怪物小怪都這麼說我……」

昌浩嘀嘀咕咕地叨唸著，小怪齜牙咧嘴地說：

「我不是怪物！不要故意叫我怪物，晴明的孫子！」

「不要叫我孫子！」

反射性地吼回去後，昌浩才驚覺失態。

道反女巫和風音都瞪大了眼睛。

一旁的晴明誇張地把手按在額頭上，深深地嘆著氣。

昌浩抓起小怪的脖子，低下頭，小聲地說對不起。

昌浩把千引磐石一帶交給跟到隧道出口處的大蜘蛛看守，就和小怪、白虎乘風飛上天離開了。

白虎的風比太陰平穩許多，速度倒是沒差多少。太陰的風氣勢雄偉，就是太粗暴了。

不過，聽白虎本人說，有什麼萬一時，太陰的風還是比他快。

昌浩是覺得沒差多少，但他並沒有看過太陰和白虎的風速比賽，所以既然本人這麼說，應該就是這樣吧！

天差不多快亮了，然而，覆蓋天空的烏雲遮住了陽光，因此出雲還是像晚上一樣昏暗。

陽光就像生命的光輝，少了陽光，地上的生物就會死光。

忽然，他想起了「創世記紀」的神話。

天照大神受不了素戔嗚尊的殘暴，就躲進了天岩戶裡④。天照大神是太陽神，所以當祂躲了起來，大地就一片黑暗了。沒有陽光的地方，植物無法生長，疾病蔓延，人類一個接一個死亡，天津神非常煩惱，就計劃了一個密策。

昌浩原本以為神話只是神話，實際上應該不存在，但是自從就近感受到貴船高龗神的存在後，便覺得真的有神，而且隨時都可能就在身邊。

在道反聖域見過幾次的道反大神，也是從神治時代就坐鎮在那裡，阻隔了黃泉與現世。

八岐大蛇也不是神話中的大妖，而是擁有實體，真的出現在昌浩眼前的妖怪。

昌浩和神將一邊飛翔，一邊以風膜彈開帶著妖氣的雨水，發現大氣中彌漫著濃度驚

人的大蛇妖氣，全身不寒而慄。

大蛇的妖氣等於死氣，這樣下去，被雨水肆虐的這片土地上的所有生物都會死光。而施行咒術，讓大蛇再度降臨的是九流族的祭祀王。

昌浩握緊了拳頭。

「比古……！」

比古答應要找出送回大蛇的方法，後來到底怎麼樣了？

預感沒有消失，雨中的妖氣又愈來愈強，光是這樣就大大增加了昌浩的不安。

「你封住第一個頭後，我就燒了它。」

坐在肩上的小怪眨了眨眼睛。昌浩看著它說：

「可是它的身體一直延長到鳥髮峰呢！」

「我把它砍斷。」

「咦？怎麼砍？小怪，你可以用火燒它，但恐怕砍不斷吧？」

「不要叫我小怪。」小怪聳聳肩說：「雖然不太想用，但只好把很久沒用的自備武器搬出來了。」

好像真的很不想用的語氣，聽起來有點可笑。

小怪所說的自備武器，應該是很久以前在貴船看過的那隻紅火焰戟吧！

昌浩好奇地眨了眨眼睛問：

「為什麼不想用？既然你自己有武器，幹嘛還跟勾陣借……」

「那東西揮起來不方便，勾的筆架叉短，很好用。」

昌浩心想，既然這樣，幹嘛不一開始就用劍，不要用戟。

但是仔細想想，十二神將使用的武器，不知道為什麼大都很長，譬如：六合的銀槍、青龍的大鐮刀和朱雀的大刀。

使用小型武器的只有勾陣。

而且，神將中有人使用武器，也有人不使用，像太陰和白虎就沒有武器。

昌浩沒特別研究過，但是應該有什麼意義吧！

他問小怪，得到的回答非常簡單扼要。

「純粹只是天空的喜好吧！」

天空認為身材高大的神將，當然要揮舞看起來夠氣派的大型武器。

勾陣的兩隻手一樣靈活，所以天空給了她兩把筆架叉。

「嗯，沒錯，勾陣使用左手就跟左撇子一樣靈活。」

「不對。」

「哪裡不對？」

「勾陣本來就是左撇子，只是她的右手也一樣靈活，所以看不出來。」

昌浩瞪大了眼睛。

「咦，是這樣嗎？好羨慕，兩手都可以靈活使用，有什麼萬一時一定很方便。」

即使慣用的那隻手受傷了，也可以暫時用另一隻手，直到傷勢痊癒，真的很令人羨慕。

白虎漫不經心地聽著昌浩與小怪的對話，發現小怪觀察那麼入微，內心多少有點驚訝。

以前對其他人幾乎沒有任何興趣的騰蛇，最近改變了很多。

原來如此，難怪晴明以前說，所有有生命的東西都會改變。

一不注意就會疏忽掉的芝麻綠豆大的小事，經過一段時間後，也可能產生驚人的變化。

想起在第一個頭那裡的太陰，白虎悄悄嘆了口氣。

原本對騰蛇的恐懼已經稍微緩和的太陰，被氣急敗壞的騰蛇的強烈神氣嚇到，又回到從前的狀態，要徹底消除恐怕很難了。

白虎瞥一眼坐在昌浩肩上的騰蛇，不由得擔心起來。

看到以小怪模樣出現的騰蛇，太陰是否能保持平常心呢？

為了保護封鎖第一個頭的玄武和天一，太陰一直很緊張，發現同袍的風逐漸接近時，她的眼睛亮了起來。

「白虎！還有……呃……」

敏銳察覺到風中神氣的太陰，臉上頓時沒了血色。

「呀……！」

是必須保護天一和玄武的責任感，拉住了很想逃跑的她。

白虎的風包住三人，翩然降落在就快全身僵硬的太陰附近。

看到坐在昌浩肩上的小怪，太陰完全說不出話來。

小怪看到太陰僵直的樣子，只輕輕聳了聳肩，就撇開了視線。

情況跟想像中完全一樣，白虎煩惱地嘆起氣來。

他砰砰地拍拍動也不動的太陰的頭，個子嬌小的少女就像機械人偶般，發出聲響抬起了頭。

「知……知道啦……」太陰一看到白虎的眼睛，便知道他要說什麼，搶先說：

「小、小怪的模樣，就沒問題了……我會努力撐住……」

其實，光感覺到兇將騰蛇的神氣，太陰就會縮起來，全身僵硬、冒冷汗。

白虎也很想肯定她讓自己看起來不像在硬撐的努力。

他點點頭，對太陰說不要太勉強，不再逼她了。

「玄武！天一！」

跟最後看到時一樣，困住第一個頭的玄武對著大蛇攤開雙手，閉著眼睛。

從他身上散發出來的神氣愈來愈弱了。

天一跪在他旁邊，像是祈禱般雙手合十，皮膚蒼白到不能再白。

兩人被淋在身上的雨毫不留情地敲打著。通天力量不只要注入大蛇的牢籠，還逐漸被雨的妖氣所削弱。

小怪咂咂舌說：「不好了，已經到極限，撐不下去了。」

「等一下，我馬上……」

昌浩從懷裡拿出女巫給的出雲石管玉⑤，在困住大蛇的波動牢籠外繞一圈，把管玉放在五個地方的支點上。

然後，他走到大蛇正前方，結起刀印，集中靈力。

結印在半空中畫出五芒星後，昌浩厲聲吶喊：

「——禁！」

以昌浩放置的管玉為支點構成的五芒星關住了大蛇。

同時，玄武的力量也用盡了。

波動瞬間消失，玄武和天一都倒了下來。

「玄武！天一！」

昌浩大驚失色地衝過去，抱起小個子的玄武。

「玄武！你振作點呀，玄武！」

聽到他的叫聲，玄武慢慢張開了眼睛。

「啊……昌浩……」

烏黑的雙眸緩緩轉動，視線停在腳邊的小怪身上。

玄武驕傲地笑了起來。

「你說的事……我做到了……」

這麼說著的玄武已經用盡全身力量，連站都站不起來了。小怪微微瞪大眼睛，狂妄地笑了笑說：

「嗯，算及格了。」

玄武無聲地笑笑，就那樣垂下了頭。

「玄武！」

「不用擔心，他只是昏過去了。」

聽到小怪冷靜的說明，昌浩鬆了一口氣。事實上，他也覺得雖然不是能完全放心的狀態，但起碼是趕上了。

天一也昏了過去，被白虎攙扶著。

「白虎，你把天一和玄武帶回聖域。」

「知道了。」

白虎才剛回答，一旁的太陰就大叫說：

「我、我帶他們回去！」

白虎知道太陰為什麼自願帶他們回去，可能的話，他也想達成太陰的願望。

但是昌浩看看玄武和天一，搖搖頭說：

「太陰，你只能用風送他們吧？白虎可以抱著他們，讓他們舒坦些。」

若是替玄武和天一著想，昌浩說得沒錯。

太陰沉默下來，白虎摸摸她的頭安慰她，然後一手抱起天一，一手抱起了玄武。

「我馬上回來。」

白虎說完，轉眼間便飛上了天空。

太陰目送著他離去，滿臉的孤單無助。小怪與她保持微妙的距離，思考著接下來該怎麼做。

被重新佈置的強韌結界困住的第一個頭，紅色雙眼中帶著燃燒的怒火，瞪著昌浩和神將。那顏色讓人想起烏雲裡的紅色螢火蟲，閃爍著邪惡的光芒。

小怪的夕陽色眼睛兇光閃閃；額頭上的紅花般圖騰，隱約帶著磷光。

在有金箍封印的狀態下，能否燒死大蛇呢？

這麼自問的小怪搖了搖頭，回答：不可能。

要鎮壓水性的蛇神，必須靠土性，而不是紅蓮的火焰。土可以堵住水，水一旦被堵住就會停滯，失去力量。土性可以消磨、分散水性的力量。

十二神將中有四名土將——天空、太裳、天一、勾陣，其中只有勾陣是鬥將。

以道反聖域的石頭增強她的力量，說不定可以對大蛇造成威脅。

然而……

小怪凝視著大蛇，計算著蛇體內究竟有多強的妖力。

「……不可能。」

勾陣的通天力量有多強大，紅蓮親身體驗過。當她失去理智時，或許有可能辦得到，但是，要再把她拉回來就難了。

恐怕還是只能解除金箍的封印，自己動手。小怪想不到還有什麼人擁有超越神將的強大土性力量。

看到小怪滿臉困惑地盯著大蛇，昌浩訝異地問：「小怪，你怎麼了？」

小怪瞥昌浩一眼，鬱悶地說：「沒什麼，昌浩，你帶著太陰離我遠一點。」

解除封印的鑰匙是晴明的言靈，晴明已經允許紅蓮解除封印了。

昌浩聽指示拉開距離後，小怪全身就被紅色鬥氣所包圍。

看到一眨眼就變回原貌的紅蓮，太陰倒抽了一口氣。

那樣的恐懼有點嚴重，昌浩不禁擔心地蹲下來說：

「太陰，妳還好吧？」

「好、好像……有點……不太好……」

緊握的雙手嘎噠嘎噠地顫抖著。昌浩握住她的手，沉著地說：

「沒事，沒事。」

太陰的眼中閃著淚光。

「紅蓮的火焰很強，但並不可怕。那時候是我不好，惹紅蓮生氣，就只是這樣。」

昌浩將視線調整到跟小孩子外型的神將一樣的高度，又接著說：

「對不起，太陰，妳會變成這樣都是我不好，真的很對不起。」

太陰搖搖頭說：

「不管你怎麼拜託我，最後答應的都是我自己，所以我也有錯。」

臉色蒼白的她勉強擠出了笑容。

「但是，以後不管你怎麼拜託我，我都會跟你說不可以的事就是不可以。」

昌浩有點目瞪口呆，滿臉困窘，苦笑著點點頭。

就在他們對話時，解除封印的紅蓮發出了煉獄之火。

即使相隔一段距離，還是感覺得到熱氣。

昌浩舉起手遮住眼睛，就在這時，他聽到一陣地面震動聲。旁邊的太陰也聽見了，緊張地環視四周。

「什麼聲音？」

煉獄之火襲向了第一個頭。

瞬間，被五芒星結界困住的大蛇咆哮起來。

撼動大地的巨響震耳欲聾，熊熊燃燒的火焰搖曳著圍住了大蛇，就要將大蛇五花大綁。

震動聲愈來愈清楚。

昌浩和太陰發現從腳底傳來的震動是來自後方，立刻轉過身去，看到帶領兩個蛇頭的真鐵坐在黑色野獸上，如疾風般出現了。

「真鐵……！」

看到驚愕的昌浩，真鐵拔起腰間的劍，從野獸的背上跳了下來。
昌浩不加思索便先把太陰推開了。
太陰慘叫一聲，飛了出去，真鐵的劍掃過她剛才站的地方。
昌浩退後閃避攻擊，同時結起了刀印。
「禁！」
撲上來的真鐵被保護的壁壘彈飛出去，但是很快又跳起來，以雷擊粉碎了壁壘。
雷擊引發了強烈爆炸，昌浩抵擋不住，被炸飛出去。
「昌浩！」
紅蓮和太陰同時大叫。跟真鐵一起出現的第四個和第五個頭，齜牙咧嘴地撲向兩名神將。
襲向大蛇的火焰與風狂亂起來。
真鐵望一眼第一個頭，便看破了封住蛇體的結界支點。
「喝！」
釋放出來的靈爆將埋在土裡的管玉擊得粉碎。
五芒星結界消失，重獲自由的第一個頭高興得吼叫起來。
大地震動鳴響。

相呼應的雷聲轟然大作。

烏雲中，飄浮著一隻紅色螢火蟲。

被紅蓮的火焰燒毀雙眼的第二個頭，與被風音的劍刺傷一隻眼睛的第三個頭，搖搖擺擺地從雲層中伸了出來。

### 小怪的陰陽講座

④天岩戶是位於高天原（天神居住的地方）的岩洞。素戔嗚尊是天照大神的弟弟，因為太過兇暴，被逐出高天原，斬了八岐大蛇後得到天叢雲劍，獻給了天照大神賠罪。

⑤顧名思義，管玉就是竹管狀的玉石。

# 8

✖ ✖ ✖

九流族府邸坐落在烏髮峰的一角，紅毛狼正在祭殿內，看著水面。

清澈的水鏡映照出的是八岐大蛇荒魂攻擊道反陣營的現況。

真赭注視著水面的眼眸中，閃爍著陰森的光芒。

「荒魂啊……盡情地殺吧……」

這麼喃喃低語後，真赭猙獰地笑了起來。

✖ ✖ ✖

昌浩他們去第一個頭那裡，應該有一個時辰了吧？

晴明在聖域裡走來走去，這麼想著。

「不，等等……」

聖域的時間流逝與人界不一樣，只能憑自己的感覺來估計時間。

稍微思考後，晴明有了不同的想法，估計可能還不到一個時辰。

他來到這裡，轉眼已經兩天了。

忽然想起……

「都還沒對宵藍和天后說什麼呢！」

晴明猛抓著頭，低聲嘟囔著。

來的時候是乘著太陰的風，所以他們應該多少也猜到原因了。但是晴明也知道，以他們的性格，絕不會輕易原諒他。

「在他們冷靜下來之前，還是暫時留在這裡吧！」

自言自語的晴明，真的有點這麼想。

他雖然是十二神將的主人，平時卻沒什麼地位。年輕的他剛收他們為式神時，經常自問：我應該是他們的主人沒錯吧？這時候，天后、天一和太陰都會給他很大的安慰。

想著想著，晴明搖了搖頭。

天后和天一的安慰的確有達到效果，太陰的安慰就完全不叫安慰了。老實說，晴明有時候會覺得，最不講情面的是太陰。幸好她都沒什麼惡意，要不然會被打擊得一蹶不振。

晴明搖頭嘆息，發現有影子悄悄接近他。

轉頭一看，是神將六合。

晴明對默默走過來的六合淺淺一笑說：

「身體狀況怎麼樣？」

「沒問題。」

晴明覺得自己進步多了，已經可以從面無表情的六合的臉色，推敲出這句話是真的還是裝的。

「還沒完全復元吧？」

晴明直話直說，六合沒有回應，可見是說中了。

如果不是，他就會說不是，由這點來看，他也是個很容易懂的人。雖然沉默寡言，卻一定會回答對方的問話。

六合直直看著高度在自己下方的晴明雙眼，用毫無抑揚頓挫的聲音說：

「我也該走了。」

「去第一個頭那裡嗎？」

六合點點頭。有他這個鬥將加入，對戰況很有利，但還是要小心為上。

六合望向瑞碧之湖，微微皺起眉頭說：

「勾陣什麼時候會醒來？」

晴明也望著那裡，深思地說：

「這個嘛……她的傷曾經治療過一次了，應該不會花太多時間吧！」

身體組織再生後，自然就會醒來。醒來後，她應該會馬上來找自己。

晴明心想，她一定很生氣吧！

「她的神氣沒有消耗太多，醒來後應該也會馬上出戰，所以在她醒來前，你再休息一下吧！」

六合的眼神中浮現不滿，晴明卻毫不在乎地假裝沒看到。

「還沒恢復就去，身體也不聽使喚啊！」

說是說給六合聽，其實也可套用在晴明身上。

晴明沒有哪裡特別不舒服，只是隨著年紀增長，體力的確衰退了，即使可以使用離魂術，也不能用一輩子。

老實說，晴明自己也想打前鋒。一直以來，不管神將怎麼阻攔，他都是以此為己任。

他寧可自己受傷，也不希望神將們受傷。

「這次的敵人很難應付，最好能多多復元，在最完美的狀態下迎戰，只不過……」

晴明沒有說下去，嘆了口氣，苦笑起來。
他知道就算說得再多，也很難阻止六合。
看到往這裡走來的身影，他更是放棄了勸說。
六合看到晴明的表情，疑惑地轉移視線，不禁目瞪口呆。
踩著穩健腳步走過來的風音，身上穿的不再是剛才那套太古衣裳，而是方便行動的短下襬衣服。
她停在晴明面前，以平靜而堅定的眼神看著老人。
「這身衣服很像我第一次見到妳時的打扮呢！」
風音眨眨眼睛，摸摸短下襬。
「這個長度最好行動，所以我自己剪短了……很可能會被嵬跟母親罵。」
插在腰間的武器是真鐵的鋼劍，因為沒有專用的劍鞘，所以用布纏起來。
「晴明大人，我想拜託您一件事。」
「什麼事？」
風音以莊嚴、洪亮的聲音，對笑得滿臉慈祥的晴明說：
「為了不讓神將觸犯天條，我也要去。」
「嗯。」

「所以……」

風音有點支支吾吾，晴明早猜到她要說什麼，沉默地催她說下去。

「請……把您的式神……彩……六合借給我。」

她差點說出彩輝，趕緊改口說六合。晴明看出她內心的糾葛，強忍住笑。

六合在生死間掙扎時，她可能完全沒有心情想到這種事吧！

那是晴明給的名字，晴明當然知道，她大可毫不猶豫地說出來。

可能是認為被晴明之外的人聽見不好吧？

晴明給了名字的四個鬥將，對名字的接受度都不一樣。

除了晴明和自己允許的昌浩之外，紅蓮不喜歡其他人叫他那個名字。

宵藍似乎不是很在意這種事，不過，除了晴明外，沒有人叫過他那個名字，所以完全不知道他會有什麼反應。

至於勾陣，連取名字的晴明都不叫那個名字，所以沒產生什麼束縛。晴明之外唯一知道這個名字的紅蓮，也討厭言靈的束縛，都叫她其他名字。

六合的名字真的只有晴明和他自己知道，他卻在某個時候告訴了別人。六合也跟紅蓮一樣，只讓自己允許的人叫這個名字，只是兩人選擇的對象不同。

紅蓮允許的是成為光之導引的生命，而六合允許的是他拚了命也想保護的生命。

這個特殊的存在，現在說希望能借用六合。
不用晴明允諾，六合也會接受她的要求吧！她卻認為光這樣不行。
以前還是敵人時，晴明就覺得她特別注重情理。一旦相信某件事，對那件事的情感就非常堅定。
用對地方是很好，若用錯地方，就只能走上毀滅一途了。就這方面來說，力量過人的她，是種危險的存在。
「我沒意見，看六合自己。」
晴明邊說邊回過頭，看到六合面有難色。
風音才剛醒來，會不會太逞強了？
從六合毫無表情的眼睛深處，可以看出他的疑慮。
風音困窘地偏起頭說：
「我沒事……真的，相信我。」
「……好吧！」六合嘆息地點點頭，對晴明說：「晴明，你留在這裡。」
「嗯，我知道，我不會逞強。」
風音向晴明一鞠躬，轉身離去。
晴明也相隔一步，跟在風音後面。

六合發現了，露出訝異的神色，晴明泰然自若地說：

「我想送你們到隧道口，也想觀察一下人界的狀況。」

聖域是與外界隔絕的獨特世界，所以完全無法得知人界的狀況，這是唯一美中不足的地方。

他很擔心飽含妖氣的雨不知道怎麼樣了，雖然可以請守護妖幫忙確認，但還是自己去看比較快。

在千引磐石前睜亮眼睛守衛的大蜘蛛，看到輕便打扮的風音跟晴明等人一起出現，大吃一驚。

「公主，妳要去哪？」

她腰間掛著武器，頭髮綁在頭頂的漩附近，穿著短下襬的衣服，是大蜘蛛這輩子只看過一次的裝扮。

「妳不會是要去作戰吧？不可以，妳好不容易才平安回來，大神和女巫也非常高興，妳怎麼可以再身陷險境……！」

風音舉起一隻手制止大蜘蛛。

「嚴，拜託你，讓我去。」

「公主！」

風音用堅定的眼神看著守護妖。

「我是道反大神的女兒，我知道化身為千引磐石隔開黃泉與人界的神，背負著什麼樣的使命。」

黃泉大軍隨時在找機會，妄想趁隙攻入人界，所以謀劃了種種策略。

以風音為棋子、暗中活動的智鋪宗主，也是黃泉大軍的嘍囉。

他們的目的只有一個，就是讓黃泉大軍進入人界，所以企圖點燃戰火。

「出雲的戰亂會蔓延到黃泉比良坂，統御那個國度的神，隨時等待著這樣的機會。」

蜘蛛無法反駁風音平靜的表白，只好保持沉默。

「如果說封鎖黃泉比良坂是道反大神的使命，那麼維護出雲的和平，就是我能做的事。嚴，讓我過去。」

大蜘蛛猶豫了一下。

最後大概是拗不過風音，搖搖頭，轉過身去。

它的第一雙腳碰觸到磐石，結界就無聲地解除了。

風音摸摸蜘蛛佈滿硬毛的腳，輕柔地說：

「謝謝。」

「妳一定要注意安全……」
「放心吧！」她抬起頭，微微一笑說：「有六合跟著我，不會有事。」
所有視線瞬間轉向了神將六合。
大蜘蛛以可怕的神情注視著六合。
「……神將六合。」
不知道是不是太多心，總覺得大蜘蛛的語氣有點兇狠。
晴明眨了眨眼睛，看看風音和守護妖，再看看自己的式神。
「恐怕有苦頭吃了。」
以沒人聽得見的聲音嘀咕後，晴明快步越過磐石，走到人界。
風音與六合跟在後面。不知道為什麼，大蜘蛛一直瞪著六合的背影。
感覺到那股視線但假裝不知道的晴明，走向了隧道出口。
愈接近出口，雨聲就愈清楚。
雨下個不停，覆蓋了整個出雲。
走到出口，所有人都停下了腳步。絲毫沒有減弱的雨勢，展現著大蛇妖力的強大。
風音遙望遠方，顫抖一下，皺起了眉頭。
「鳥髮峰的方向……」

晴明與六合也望向遠方。

覆蓋那一帶上空的雲層中，彌漫著雨和霧之外的東西。

風音裸露在外的手臂頓時寒毛豎立。

她臉色發白，瞪大眼睛說：

「是大蛇的妖氣……」

盤旋的妖氣比之前更濃烈了，連離得這麼遠，風音的本能都察覺到危險，響起了警鐘。

晴明與六合神情茫然。

「昌浩……」

他去了第一個頭那裡後，一直沒有消息。

雖然有紅蓮和白虎陪著他，那樣的妖氣還是讓晴明不寒而慄。

風音雙手掩住了嘴巴，沒想到刺骨的濃烈妖氣竟然已經飄到了道反聖域。

烏髮峰到底怎麼樣了？

「難道是大蛇再度降臨了？否則不會有這麼濃烈的妖氣！」

聽到風音喘息般的話，晴明與六合面面相覷。

先是昨晚分手的珂神閃過晴明腦海，緊接著，是說想相信他的昌浩的模樣。

他有預感，不祥的預感。陰陽師的直覺通常不會錯，就是因為太準確，好幾次都在生死存亡的關頭救了晴明。

但是，這次的預感與救命無關。

是珂神發生了什麼事。而且，還有另一件事敲打著他的心。

究竟是什麼事，晴明還沒有找出真相。

風音屏住呼吸，激勵自己似地甩甩頭。眼前超乎想像的狀態讓她瞬間有些畏怯，但是，絕不能在這時候停下來。

狀況已經很危急了，必須盡快趕到昌浩他們那裡。

正要往前衝時，耳邊響起一個聲音。

「咦……？」

風音直覺地往四周張望。看到她那樣，晴明與六合也訝異地環視周遭，但是什麼也沒看見。

風音把手豎在耳旁，專心傾聽剛才的聲音。

六合看著她那樣子，覺得背脊一陣冰冷，身體顫抖起來，耳中聽到層層的低喃回響。

大驚失色的六合以風音和晴明的安全為第一優先，採取了行動。

就在這一剎那，風音搖搖晃晃地走進了雨中。

「風音?!」

腳步踉蹌的她，似乎聽不見六合的叫聲。

「等等，六合，她的樣子不太對勁。」

晴明制止正要衝過去的六合，觀察她的變化。

雨打在她身上，很快就把她淋成了落湯雞。仰望著天空的她，沉默地佇立在雨中。

這樣不知道過了多久。

當數著自己呼吸的晴明終於快忍不住時，風音沉穩地轉向了他。

看到她轉過來的臉龐，晴明與六合都瞠目結舌。

站在那裡的，不是風音。

「你是誰……」

全身被鬥氣包圍的神將疾言厲色地問。

風音平靜地看著晴明與六合。那不是他們熟悉的眼睛，是有其他什麼東西侵入她的身體，控制了她的心。

這是非常徹底的附身。她是神的女兒，對方可以在瞬間掌控她的心，絕非泛泛之輩。

六合正要把手伸向手腕上的銀環時，晴明無聲地制止了他，向前一步。

一走出隧道，就會淋到雨。身上穿的衣服吸收水分後會變得很重，但晴明顧不得這些了，恭敬地開口說：

「您應該是哪位神明吧？」

面無表情的風音，眼中總算有了神采。

她揚起嘴角笑笑，看起來一點都不陰森，而是非常莊嚴的表情。

眼睛眨也不眨地淋著雨的風音，盯著毫不畏懼地與自己對峙的晴明好一會後，終於開口說：

「人類啊……不對，你不是一般人類，是擁有異形血脈的混血之子。」

明明是風音的聲音，卻帶著其他回響。而且不只一種，感覺上，是很多的意念匯集而成的聲音。

她的雙手無力地下垂，雨水從她的指尖啪噠啪噠地滴落下來。

「聽著，人類，這場雨會玷污出雲國。」

細細瞇起眼睛的她，高高舉起雙手盛接雨水。

「我們所愛的這個國度，將被蛇神之血玷污——這片蒼古大地、我們靜靜守護至今的美好國度，將被玷污。」

風音的表情變得扭曲。

「我們所愛的大地曾經多次被戰爭的血玷污，每次都要煞費苦心恢復原來的清淨。會把這個國度交給高天原之神，也是希望不要再流血了。」

她雙手掩面。

「啊！沒想到……蛇神之血還是玷污了這個國度。祭拜蛇神的人民啊！蛇神是邪惡的，不可以祭拜、不可以供奉啊！」

她膝蓋一彎，跪了下來。

「你們稱之為『神』的禍害，也會把你們統統吃了啊！」

如飽受摧殘般雙手著地的風音緩緩抬起頭來，直直盯著晴明。

「人類啊！擁有力量的人類啊！傳承近似神之血脈的稀有人類啊！」

晴明的表情變得僵硬。

沉靜卻令人難以抗拒的莊嚴聲音，敲打著晴明的心。

「這場雨是蛇神之血，是蛇神意圖鯨吞這個國度的佈局。啊，我們的大地！」

風音眨也不眨直盯著晴明的眼睛，流出雨水之外的水珠，從臉頰滑落下來。

「下雨之雲，就是蛇神棲息之雲。人類啊！如果對我們的嘆息感同身受，請制止這場雨，用你的力量掃蕩淹沒這個國度的蛇神之血、掃蕩所有的污穢。」

借用她身體的某位神明放下高舉的手，沉重而激動地說著。
雖是以仁慈的心悲嘆著，卻掩不住對這片土地被玷污的強烈憤怒。
「——……」
射穿晴明的犀利眼光突然緩和了下來。缺乏表情的臉恢復體溫，風音的身體軟綿綿地向一旁傾斜。
在她的身體倒下之前，六合已經衝過來抱住了她。
看著虛脫地倒在自己懷裡的風音，六合發現她的眼睛恢復了光彩。
「風音。」
聽到叫聲，風音輕輕點頭回應。確定她有知覺後，六合才放下心來。
一直淋著雨的她被六合抱進隧道裡休息，直到神智完全清醒。
三人都已經變成落湯雞，根本沒必要躲雨了，但這是心境的問題。
大家等著靠在岩壁上的她平靜下來。
確定她呼吸變得平順，蒼白的臉也恢復血色後，晴明才問她：
「風音，剛才那是……」
風音按著額頭，嘆口氣說：
「是住在這片土地上的比古神們的聲音。」

感嘆被趁隙而入的她，眼中浮現自嘲的神色。不管多麼出乎意料，那麼輕易被附身，就是一大敗筆。

晴明拍拍她的肩膀，安撫咬牙切齒的她。

「沒辦法，那恐怕是住在這裡的所有比古神之意志匯集而成的聲音，雖然妳是道反大神的女兒，也無法以寡敵眾。」

「我想應該不是那種問題……但是，就當作是吧！」風音苦笑著回答，板起臉說：「比古神們的悲嘆啊……既然這場雨是蛇神之血，就可以理解妖氣為什麼這麼濃烈了。」

「妳說得沒錯。」

晴明轉移視線，瞪著降下的雨。

在八岐大蛇出現實體之前，出雲地方就開始下雨了。

既然雨是大蛇的毒血，那麼，喚來這場雨的應該就是九流族。

「他們先準備好大蛇再度降臨的舞台，才奪走了成為核心的咒具。」

有點僵硬的聲音下了這樣的結論，晴明沒有提出異議。

風音把嘴巴抿成了一條線。

兇暴的大蛇釋放出來的妖氣攪亂氣脈，玷污了整個神之國出雲。

沒有人希望大蛇再度降臨。

從神治時代就很愛護這片土地的比古神們說，祂們是為了和平，把這個國度讓給了高天原之神。

風音把力量集中在膝蓋，站起來。

「只有九流族之民詛咒天津神以及繼承天津神血脈的皇室，我這麼想應該沒錯。」

她的語氣是肯定的，晴明也平靜地表示同意。

「應該是這樣吧！崇拜蛇神的九流族一定擁有自己的獨特法則。」

隱約可以聽到遠處的轟隆雷鳴聲。

就在這時候。

「晴明！」

壓過雷聲和雨聲的呼喚，灌入了晴明耳中。

## 9

聽到突來的叫聲而抬頭看怎麼回事的晴明，望見乘著風在空中飛翔的神將白虎。

「白虎。」

在驚訝的晴明面前降落的白虎，手上抱著天一和玄武。

兩人都全身癱軟，昏過去了。

「天一！玄武！」

晴明啞然失言，白虎向他說明狀況後，把兩人放下來就要走了。

風音攔住他說：

「等等。」

白虎回過頭來，風音請他帶自己一起走。

「什麼？」

晴明也對滿臉驚訝的白虎點點頭說：

「拜託你了，白虎，風音對你們的幫助會比我大得多。」

「別、別這麼說……」

吞吞吐吐的她有多少實力，曾經被她狙擊過的晴明比誰都清楚。

晴明看看靠在牆上的天一和玄武，點點頭說：

「他們只是把神氣用盡了，休息一下就會醒來。」

「嗯，拜託你了，晴明。」

太陰的騰蛇恐懼症教人擔心，必須盡快趕回去。

這種心情簡直就像監護人嘛！聽到白虎這麼低聲嘟囔，晴明開玩笑地說怎麼看都是監護人。

「我才不是她的監護人。」

要說監護人，騰蛇更像昌浩的監護人。

晴明點點頭，對白虎的話深表贊同。

「沒錯。」

紅蓮從昌浩在嬰兒時期就看著他，所以心境上應該更像個父親吧！雖然有點太過保護，但也還看得過去。

「昌浩應該是順利封住了第一個頭，但是看到烏雲那麼狂亂，我還是很擔心。」

白虎滿臉憂慮，晴明也嚴肅地看著他說：

「對不起，白虎，拜託你了。」

「嗯，放心吧！晴明，昌浩的結界雖然還差你一點，但也把玄武和天一全力困住的第一個頭徹底綁住了。」

只要成為支點的管玉沒有被破壞，就很難擊破那個結界。

聽到白虎的評語，晴明似乎很開心，眼睛都瞇成了一條線。

「哦，是嗎？」

昌浩如何作戰、如何使用法術，在晴明沒看到的時候，神將們就會像這樣說給他聽。他們所下的評語，恐怕比晴明都來得嚴厲。

神將們的評斷基準，重點通常放在值不值得他們跟隨這一點上。

昌浩應該不知道這些事，他總是遵循自己的信念行動，勇往直前。要讓神將們認同他那麼笨拙的生存方式，其實非常困難，然而，如同晴明是如此，昌浩也是，都只能用這種方法博得信賴。

晴明心想，昌浩的笨拙是自己的遺傳吧？真傷腦筋，明明還有更輕鬆的生存方式，可能的話，他希望昌浩可以做那樣的選擇。

昌浩還是個半吊子，儘管他可以像一般人一樣使用法術、靈力很高強、經驗值累積不少，因為大多在現場學習，所以也成長得很快。

然而，有些場合光靠這些還是不夠。譬如，要分辨仁慈與殘酷的不同，有時再怎麼不願意，也得使用嚴厲的措詞。

昌浩是否能在種種爭戰中學會這些事呢？

痛苦的經驗、難過的心情，都不會白白承受。即使當下覺得再也站不起來了，最後還是會發現，曾幾何時，自己已經站起來往前走了，就像傷口的疼痛在不知不覺中消失了。

「那麼，走吧！」

白虎看著風音與六合，全身都被風包圍了。

乘坐神氣之風的三人很快便飛上了烏雲密佈的天空。

被風吹得搖搖晃晃的晴明，好不容易才保持住平衡，不禁嘆了口氣。

「我真的老了，這點風就把我吹得搖搖晃晃，太沒用了。」

如果青龍在這裡，會不悅地咂咂舌，隨手抓住晴明的衣領，不露聲色地撐住他。

「啊！對了，要想想怎麼向宵藍和天后解釋才行。」

晴明似乎不太想解釋，邊嘀咕邊思索著如何移動天一和玄武。

拜託守護妖幫忙是最實際也最有建設性的方法。

但是，要怎麼把在千引磐石前看守的大蜘蛛叫到這裡來呢？除了他，沒有其他人在，所以如果他去叫大蜘蛛，就得扔下毫無防備的天一和玄武。

他們是神將，或許不必這麼擔心。但是，現在兩人都失去意識，又全身無力，就跟人類一樣脆弱。神將也不是不死之身，如果傷勢嚴重到會致死，也真的會沒命。

該怎麼辦呢？

晴明正愁眉不展地思考著時，好像聽到翅膀的聲音，眨了眨眼睛。

他盯著通往千引磐石的隧道深處。隧道沒有點燈，所以他是靠暗視術看著如黑夜般漆黑的隧道。

由於出雲一直在下雨，天色昏暗，所以來到這裡後，晴明和昌浩只要離開聖域就會啟動暗視術。

響起翅膀啪沙啪沙拍打著風的聲音。

沒多久，一隻烏鴉像疾風般飛了出來。

「公主——！」

驚慌失色的漆黑烏鴉從晴明前面飛過，衝出隧道，被雨淋濕了，吸收了水分的翅膀頓時變得很重，啪沙啪沙拍得很吃力。

盤旋後又回到隧道內的烏鴉降落在晴明腳邊，張開了翅膀。

「安倍晴明！安倍晴明！」

剛才驚慌失色的烏鴉，現在是面帶怒色，語氣也很粗暴。不過，要在此說明一下，

烏鴉的羽毛是富有光澤的「黑色」，所以，「失色」、「怒色」都只是晴明自己的想像。

「公主呢？我家公主在哪裡？她昨晚才剛回來，到底……」

烏鴉氣急敗壞地啪沙啪沙拍著翅膀，晴明想了種種藉口後才開口說：

「我等一下再告訴你詳情，可以先拜託你一件事嗎？」

「什麼?!跟公主有關的事嗎？如果是，我就……」

「跟她有關，所以請你務必幫忙。」

這並不是謊言。

烏鴉很乾脆地答應了晴明，飛去把大蜘蛛找來隧道深處。

晴明鬆口氣，遙望著烏髮峰。

不祥的預感，現在也堵塞在他的胸口。

「……昌浩……」

你也感覺到了吧？不知道真相是什麼，卻讓人心跳不已。

一定是發生了什麼事，到底是什麼事呢？

不是大蛇再度降臨所帶來的威脅，而是有其他的事發生了。

可以的話，他很想自己去確認。但是持續使用離魂術會對身體造成很大的負擔，必

須再隔一段時間。

在那之前，只能心急如焚地等待著。

想到等待的時間愈來愈多的自己，晴明不禁重重地嘆了口氣。

✕ ✕ ✕

灰黑狼的體內，有另一個靈魂。

彰子茫然地看著多由良。因為潛入的地方太裡面，所以一直沒發現。

但是剛才的聲音，毫無疑問是茂由良的聲音。彰子沒有跟它說過多少話，卻直覺地這麼認為。

她慢慢地走近多由良，開口確認：

「茂由良……真的是你嗎？茂由良？」

好像有跟灰黑色毛隱約重疊的灰白色毛搖曳著，抬頭看著走到眼前的彰子。

——啊！彰子，對不起，讓妳受驚了。

彰子蹲下來，淚水盈眶。

「茂由良……！」

她強忍住哭泣，擦了擦眼角。

茂由良已經死了，所以靈魂可以潛入多由良的體內。

這不能說是件好事，但是可以再見到它，彰子真的很開心。

茂由良看著彰子表情扭曲、快哭出來的臉龐，搖了搖尾巴。

彰子看到了，心頭一陣酸楚，因為那小小的動作像極了白色的小怪。

「茂由良……怎麼可能？怎麼會這樣……」

聽到了應該已經不在的弟弟的聲音，多由良驚訝地大叫。

——多由良，我在這裡。

在最後、最後關頭，茂由良臨死之時，是喊著哥哥的名字。這分意念，傳達給了幾乎跟它同時出生的多由良。

茂由良自己也知道，恐怕沒辦法待太久。

這一定是神賜給自己的一點小小恩惠。

自己很喜歡珂神、很喜歡真鐵、很喜歡多由良，因為太喜歡，所以不想先離開人世讓他們悲傷，希望多少可以減緩他們心中的痛。

快死之前，它拚命祈禱，所以，一定是這片土地上的神實現了它的願望。

能待在自己的身體裡當然最好，但是身體被雷擊碎，已經不在了，所以只能待在多

由良體內，等待著被發現。

茂由良看著彰子，眼睛閃閃發亮。

——妳好厲害，彰子，只有妳發現我。

這樣的由衷感嘆讓彰子想起，晴明和神將們都說她能通靈，擁有當代第一強的靈視能力。

彰子點點頭，輕輕伸出手，想撫摸茂由良的頭，但是，實際摸到的卻是多由良的頭。

看到彰子的眼神變得黯淡，茂由良急得甩動耳朵。

——沒辦法，我已經死了嘛！

茂由良的聲音、茂由良的話，重重打擊了多由良的心。

多由良全身顫抖，低聲咒罵著：「我要殺了她！我要殺了那個殺死你的女人，我要撕裂她的喉嚨，把她碎屍萬段！」

這番咒罵聽起來也像痛徹心腑的呻吟，事實上，多由良的心也已經被撕裂了。

但是，茂由良說出了令人難以置信的話。

——不，多由良，用那個武器殺死我的，不是那個女人。

「什麼?!」

多由良大驚失色。茂由良用前腳按著額頭，擺出正在拚命回想的動作。

——呃，嗯……不是她。我記得那個女人，但是，我最後見到的不是她。

多由良瞠目結舌，烏黑的雙眸愕然凝結。

原來殺死茂由良的不是神將，它一直以為是道反陣營的那個女人。

「怎麼可能?!那是那個女人的武器啊！」

——嗯，是她的武器，可是殺死我的是……其他人。

茂由良欲言又止的表情讓彰子耿耿於懷。

「其他人」會是誰呢？

多由良的反應與彰子成對比，勃然大怒地說：

「怎麼會這樣……！」

那麼是誰？是誰殺死了茂由良？是誰故意使用神將勾陣的武器，想攪亂自己的判斷？

心慌意亂的多由良，爪子差點扯破彰子的衣服，茂由良急得大叫。

——不可以哦！多由良，彰子是好人，讓她受傷就太可憐了。

「你是白癡啊？她是讓荒魂永遠留在這世上的祭品呀！已經決定要獻給荒魂了。」

說得也是，茂由良這麼低喃著，又接著說「可是」，偏起了頭。

——我很怕荒魂……

沮喪的呢喃，讓多由良突然平靜下來。它側耳傾聽體內的弟弟的聲音，在心中不斷重複弟弟那句話。

弟弟說過很多次，它很怕荒魂。

它說它怕荒魂；它說珂神常露出寂寞的眼神，多由良和真鐵都太嚴厲了。

只有茂由良對珂神的態度始終都沒有改變。不管怎麼挨罵，它都不會記得教訓，也不會退縮，堅持不改變想法。

「……沒錯……」多由良喃喃說著：「你說得沒錯，茂由良。」

珂神完全變了一個人。當曾經那麼溫和的少年以雷擊摧毀灰白色屍骸時，多由良就知道，一切都錯了。

不，也許是對的。那才是九流族大王珂神比古，那才是統治這片土地的真正王者。那才是我們擁戴的祭祀王。那才是可以自由自在操縱荒魂的第九個頭。

要成為大王，就得殺死珂神的心。被命名為代代傳承的名字「珂神比古」的族長，坐上大王寶座時，就必須化身為真正的大蛇。

多由良不知道這個真相，所以逼著珂神要成為大王，還對他說，他可能是九流族後裔的最後一個大王，絕不能愧對「珂神比古」這個名字。

多由良無力地彎下四肢，呻吟起來。

「大王……珂神……」

應該不會哭的狼，喉嚨像嗚咽般顫抖著。

「他本來是我們的兄弟……很溫和也很膽小……」

那雙冷酷的眼睛，絕不是珂神的眼睛。毋庸置疑，是蒼古荒魂盤據在他體內。

珂神再也不會回來了，它們的珂神已經死了。

多由良悲嘆著，彰子摸摸它的頭，激動地說：

「不會的，你絕不能放棄，多由良。你很喜歡珂神吧？茂由良也是，所以你們一定要堅持下去……」

她還記得灰白狼最後的身影，為什麼明明抓住了它的尾巴卻又放掉呢？

當時有種自己也不了解的感覺，所以很想攔住茂由良，真後悔那時沒有緊緊跟在它後面，想盡辦法阻止它。

現在，她又有感覺了。

不可以待在這裡，這裡是很可怕的地方。她必須帶著害怕荒魂的茂由良，和悲嘆珂神變了樣的多由良，一起逃離這裡。

彰子站起來，察看緊閉的門，多由良訝異地看著她。



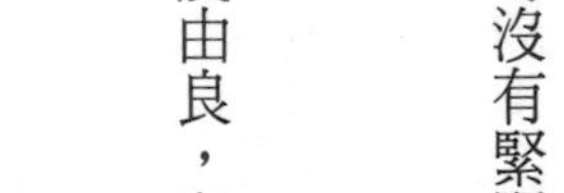

「妳在做什麼……總不會想逃走吧？」
多由良一副難以置信的樣子，彰子轉身對它點點頭說：
「是的，我們不能待在這裡，你和茂由良都不能待在這裡。」
有點被說動的多由良，其實心中早已萌生不信任感，但還沒大膽到敢放走這個讓荒魂永遠留在世上的祭品。
這是母親和真鐵選出來的祭品，母親比任何人都想完成九流族的誓願……
多由良的心怦怦跳著。
母親說過，不管使用多冷酷的手段，都要完成誓願。
對於完全變了樣的珂神，真赭什麼話都沒說，只是很滿足地笑著，起碼看在多由良的眼裡的確是這樣。
當多由良告訴母親，茂由良被敵人殺死時，真赭淡淡地回它說：
「哦，是嗎？那孩子不管讓它做什麼，都會半途而廢，完全幫不上忙。不過，它的死讓大王覺醒了，所以它是個孝順的孩子，最後幫上了大忙。」
聽到母親這麼說，多由良的心彷彿被冰包住，瞬間涼了半截。
同樣是妖狼族後裔、一起生活至今、也是唯一的母親，看起來就像完全不認識的人。

真鐵也變了。看到整個變了樣的珂神，他什麼也沒說，只是默默跟隨著，對茂由良的死也隻字不提。

他們有過約定。

多由良和茂由良曾說，大家要永遠在一起。

因為九流族的子民只剩下兩個人，妖狼族也只剩下三隻狼。

所以，為了不寂寞、為了不讓彼此寂寞，他們要永遠在一起。

他們相信雖然種族不一樣，心是一樣的。

然而，為了讓荒魂再度降臨，就必須放棄這一切嗎？

那麼，自己的心該怎麼辦呢？

茂由良死了，珂神變了，真鐵的心也看不透了。

只有自己沒變，卻再也沒有人可以依靠。

多由良像被狠狠擊倒般垂著頭，彰子蹲在它面前，雙手捧著它的臉說：

「茂由良說它很喜歡你，現在也是這麼說。」

在多由良體內的茂由良嗯嗯地猛點頭，開心地豎起了耳朵。

但是，多由良看不見它的樣子。

這是很悲哀的事。

「我也很害怕，求求你，放我出去，讓我回到昌浩身旁。」

她真的很害怕，現在也覺得毛骨悚然。彌漫在這片土地上的妖氣刺痛著皮膚，濃烈得讓人無法呼吸，彷彿全身都被綑住了。

她不想死在這裡，也不想成為祭品。

「我要回到昌浩身旁。茂由良說珂神很溫柔，可是，現在的珂神好可怕……我聽到真鐵說，珂神不是珂神……」

——彰子，不能在這裡說，會被珂神聽見。

彰子猛然縮起了肩膀。

耳邊響起真赭可怕的聲音。

——你叫了那個名字……

珂神比古有另外一個真正的名字，因為真鐵叫了那個名字，所以珂神比古沒有完全被薰染，成了不完整的大王。

「……啊！」

彰子想起什麼，倒抽了一口氣。

被說成「不完整的大王」的珂神，現在已經覺醒，變成真赭心目中的完美珂神比古了。

為什麼會這樣？

彰子逐漸失色的眼眸，看著多由良體內的茂由良。

難道、難道殺死茂由良的是——

看到彰子愈來愈震撼的眼眸，茂由良搖了搖頭。

——彰子，不可以說。

彰子雙手掩住了嘴巴。茂由良的眼神變得柔和，又做了一些補充。

——不過，究竟是不是那樣，我自己也不清楚……

彰子咬住下唇，壓抑湧上心頭的驚恐。

究竟是不是那樣，沒有人知道。彰子不知道，茂由良自己也不知道。唯一可以確定的是，為了讓珂神比古覺醒，有人進行了什麼可怕的陰謀，而茂由良成了那個陰謀的犧牲者。

——多由良，彰子是好人，所以我不想讓她成為祭品。

為什麼？多由良反問。

她即將成為祭品，讓荒魂永遠留在這世上的祭品啊！為什麼你說這樣的人是好人？

茂由良為難地沉吟著。聲音明明就近在耳邊，卻看不到灰白色的毛。

一回頭，就會看到緊緊跟在身後的灰白色毛。那是只有顏色不同，其他都長得一模

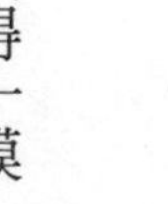

一樣的弟弟，然而個性卻大不相同，常常被真鐵和珂神嘲弄。

那些日子已經如此遙遠，再也回不去了。

咬著牙的多由良聽到茂由良困惑的聲音。

——我說了，你會生氣。

我不會生氣，你說說看。

——不要，你會生氣，一定會，你會很生氣地說，就因為那種事……

多由良一再保證，真的、真的不會生氣，多由良就吞吞吐吐地說了。

——我的腳被荒魂擊中很痛，可是彰子的手一摸，就不痛了。

多由良張大了眼睛，聽得見茂由良聲音的彰子也張大了眼睛。

——有人教過她，她記得很清楚，幫我治好了疼痛。

茂由良又開心地接著說：

——那樣子有點像珂神……

嘿嘿笑著的茂由良，聲音聽起來真的很開心，讓多由良不禁悲從中來。

就因為這種小事！

啞然無言的多由良，好不容易才擠出聲音說：

「你……！」

看不見也知道，茂由良一定縮起脖子、豎起耳朵，把龐大的身體蜷縮成一團，嘀嘀咕咕地埋怨「我就說嘛」，滿臉委屈地翻白眼看著自己。

即使灰白毛已經不在了，一定還是跟以前一樣。

「你真傻……」

多由良彷彿可以看到茂由良垂頭喪氣的樣子，扭曲著臉說：

「你真的是……」

不，真的很傻的，一定是自己。

多由良甩甩頭，站起來，走到門前。

「多由良？」

彰子半蹲起來，灰黑狼壓低聲音說：

「能不能逃出去，就看這次了。妳要下定決心，跟著我來。」

多由良一摸到門，以珂神力量施加的無形鎖鑰便消失無蹤了。

大概是沒想到多由良會從裡面打開門吧！走廊上一個人也沒有。

多由良小心翼翼地四下張望。

真鐵應該是在珂神的命令下，出去作戰了。感覺不到母親真赭的氣息，珂神好像也不在附近。

多由良以下巴催促彰子，沿著走廊，悄悄走向大門。

心臟撲通撲通跳得很快，聲音在耳邊喧噪不已，讓彰子的胸口充滿焦慮不安。

下個不停的雨聲和雷鳴聲，掩蓋了他們的腳步聲。

彰子緊跟著帶路的多由良走到外面，一出去就被淋濕了，但是現在已經顧不了那麼多。

因為雨聲，很難聽到彼此的聲音。離開府邸夠遠後，多由良才開口說：

「妳說的昌浩，就是在道反那個男孩吧？」

「應該是，他跟小怪、神將們在一起。」

那就沒錯了。

多由良要彰子騎到自己的背上，彰子有些猶豫，最後還是下定決心，緊緊抓住了狼的背部。

「抓緊一點，不要摔下來了。」

——不會有事的，放心吧！

茂由良安撫她，又歉疚地接著說：

——對不起，那時候我應該把妳帶去昌浩那裡。

彰子眨眨眼睛，苦笑起來。

在祭殿看著水鏡的真赭忽然察覺珂神的力量被解除，抬起了頭。

「怎麼會……？」

驚訝的真赭，眼睛嚴厲地斜吊起來。

再低頭看水鏡時，真鐵的身影消失了，浮現出其他身影。

穿著白色衣服的彰子騎在多由良的背上，在雨中奔馳著。

真赭瞪大眼睛，發出低沉的嘶吼：

「你瘋了嗎？多由良。」

紅毛狼張嘴齜牙。

它把土堆起來，朝著隆起的土堆吹了一口氣。

冒出來的凝聚體蠢蠢蠕動著。

「魑魅呀……」

去找我們的大王，讓他看叛徒的身影。

# 10

光一個頭，就夠他們苦戰了，現在竟然五個頭一起攻過來。

昌浩膽戰心驚。

長達天際的巨大蛇體看起來很像盤繞著鳥髮峰，那應該不是錯覺。

但是，第二個頭被弄瞎了雙眼，第三個頭成了獨眼龍，所以只要鎖定死角，說不定就可以給蛇體致命的一擊。

與紅蓮對峙的第一個頭召來雷擊。紅蓮以火焰漩渦粉碎雷擊，邊閃避攻擊，邊搜尋著昌浩與太陰的身影。

昌浩正想大喊「我在這裡」時，背上忽然掠過一陣寒意，他下意識地往後退，喉頭差點被銳利的刀尖劃破。

剎那間，心臟狂跳起來——是命大與直覺救了他。

「昌浩！」

傳來太陰慘叫般的聲音，昌浩抬頭一看，獨眼蛇頭正逼向眼前。

「巴沙拉、亞夏、溫！」

他反射性地結印，吶喊真言，勉強發揮效果，彈開了蛇頭。受到強烈衝擊的第三個頭，就那樣劃出一道弧線向後仰。

昌浩因為反作用力而往後栽，骨碌骨碌地滾到一旁。真鐵的劍追向昌浩的脖子，昌浩拚命閃躲，抓到間隙立刻跳起來。

「昌浩，這邊！」

太陰的風狂暴猛烈，濺飛起來的泥沫，瞬間在真鐵與昌浩之間築起一面牆。太陰乘亂溜過瘋狂揮舞鋼劍的真鐵身旁，衝向昌浩，抓起他的手飛上天空。

「太陰，妳看！」

望向昌浩所指的地方，太陰倒抽了一口氣。第三個頭、第四個頭、第五個頭，都循著人類的味道蠕動延伸，從三個方向窮追不捨。

「哇啊啊啊！」

太陰慘叫著往上飛，但速度還是比蛇頭慢，很快就被追上了。第三個頭阻斷了太陰和昌浩的去路，第四、第五個頭也從下方齜牙咧嘴地逼近。

昌浩結印怒吼：「索吧呢索吧、吧莎啦、溫哈特！」

受到衝擊的三個頭，分別從三個方向彈飛出去，但是並沒有被殲滅。差點撞到地上的頭及時拉抬起來，在地表滑行迴旋，藉此增強反作用力，再撞擊身體轉了回來。

「——唔！」

慘叫聲被吸入雨中，兩人失去風的支撐，身體急速下降。

紅蓮躲開第一個頭和第三個頭的攻擊，在千鈞一髮之際接住了昌浩和太陰。

就在紅蓮一口氣抓住兩人的同時，真鐵的劍刺過來，紅蓮爆發了火焰。

灼熱的鬥氣彈開了真鐵和兩個蛇頭。

被彈飛出去的真鐵直接在半空中重整姿勢，以單膝著地。

「昌浩！太陰！」

短暫昏迷的太陰聽到騰蛇在耳邊怒吼，嚇得跳起來。

「哇啊啊！」

「吵死人了！還能動就快應戰！」

太陰才被扔出去，第三個頭就逼向了眼前。

「不要過來——！」

跟刺耳的尖叫聲一起放射出去的風矛，擊中了第三個頭的鼻尖。啪唏一聲向後仰倒的第三個蛇頭，就那樣不動了，可能是腦震盪之類的現象吧！

半哭半喘著氣的太陰，聽到紅蓮在背後大叫：「太陰，後面！」

「哇！」

她猛地轉身，看到第一個頭正從下方逼近，獠牙外露。

就在她揮下龍捲風的瞬間，煉獄之火也包住了第一個頭。

「──唔！」

「嗡、庫洛達亞、溫賈克、索瓦卡！」

與火焰同時發出的真言縱向切開了蛇頭。

嘴巴像被撕裂般張大的蛇頭倒了下去，震得地面起了一聲轟然巨響，就再也不動了。佈滿蛇體的鱗片被煉獄之火燃燒，飄散著刺鼻的臭味。

「算是打倒了一隻……」

昌浩臉色蒼白地擦著汗水，覺得在體內最深處悶燒的火焰又搖曳得更劇烈了。

撲通撲通的脈動貫穿全身。

昌浩不由得透過衣服抓住丸玉，不尋常的急促呼吸顯現出他的焦躁不安。

心在胸口撲通撲通跳躍著，這樣下去，天狐的力量將會覺醒。

在這種時候力量失控的話．會沒命。

昌浩在腦海裡描繪著灰白色火焰熄滅的畫面，強忍住不斷襲來的脈動，努力地克制自己。

在陷入險境時，狂亂的力量隨時都可能竄出來。

傳來颼颼風聲。

昌浩眼觀四方，看到躲在巨大蛇體後面偷偷靠近的真鐵的鋼劍。

眼看著真鐵的武器就要揮過來了。

「昌浩！」

太陰的叫聲震天價響，躲過無數蛇頭的紅蓮也噴放出鬥氣。

心臟在昌浩的胸口深處躍動起來。

「不行！」

十二神將不可以傷害人類。真鐵是人類，不管他擁有多麼強大的靈力，都是會使神將們觸犯天條的人類。

心跳在胸口深處怦怦鳴響著。

剎那間——

一陣強風抄起真鐵的腳。

失去平衡的真鐵摔得四腳朝天，風的凝聚體乘機滑入他與昌浩之間。

昌浩張大眼睛，看到裸露的纖細肩膀，還有往上紮起來、從頭頂的漩分成兩條馬尾的頭髮。高高舉起的劍接住真鐵往下砍的劍，輕而易舉地把劍反彈了回去。

金屬相撞的清脆聲響消失在雨聲中。

保持姿勢，準備發動第二次攻擊的真鐵獰笑起來。

「喲，是道反的女人啊！妳是怎麼醒來的？」

「我沒必要告訴你。」

比真鐵矮一個頭的嬌小風音，回答得頗有身經百戰的氣勢，與她的外表格格不入。

風音與真鐵同時展開攻擊，連續交手好幾回合，都找不到彼此的破綻，只好暫時撤退。

一隻手伸過來，硬是喚醒了茫然失神的昌浩。

抬頭一看，披著深色靈布的六合正緊張地盯著風音。

「六合，怎麼回事？」

殲滅第一個頭的紅蓮喃喃問道。六合平靜地說：

「她說為了不讓神將們觸犯天條，自己也要參戰。」

紅蓮驚訝得目瞪口呆，昌浩也渾然忘我地看著身手矯捷的風音。

動作能靈活到那種程度，應該不太會陷入險境吧？自己經常面臨生命危險，就是因為技術還不夠成熟。

緊握起拳頭的昌浩，覺得頸部有種麻刺的不祥感覺。

「怎麼搞的？」

他不由得用手摸摸脖子，下意識地左看右看。

太陰與白虎的風阻擋著蠕動的巨大蛇頭，風音與真鐵劍刃相接，六合拿著銀槍伺機而動。原本在旁邊的紅蓮的鬥氣已經遠離，火焰爆裂，颳起了熱風。

「……」

昌浩停下移動的視線，眼睛眨也不眨地看著某一點。

「……比古？」

有個身影出現在林木之間。

昌浩忽然皺起眉頭。

感覺不太對勁，到底是哪裡不對呢？

注視著大蛇與真鐵的比古看到昌浩，歪起嘴角——笑了。

昌浩的心不尋常地跳動起來。

比古的眼神直直射穿了昌浩，眼底深處亮著紅光。

「紅色……螢火蟲……」

昌浩不由自主地囁嚅著。紅光的顏色，就跟在烏雲裡蠕動的紅色螢火蟲一樣。

想到這裡，昌浩就覺得背脊一陣冰涼。

這時候，比古的身體浮起來了。

「大蛇……！」
昌浩張口結舌。
第六個頭往上挺直，比古就站在蛇頭上。
現身的第六個頭緩緩低下頭，穩穩地站在上面的比古流露出昌浩從未見過的眼神。
昌浩沒見過比古多少次，所以比古有他不知道的好幾面，也不足為奇。
然而，絕對不是像那樣的表情。
昌浩受到無法形容的衝擊，驚愕地低喃著：「珂神……比古……！」
聲音微弱到幾乎被雨聲掩蓋過去，珂神卻聽見了。不，也可能是從昌浩的嘴形看出來的。
珂神臉上掛著虛偽的笑容。
發現昌浩搖搖晃晃往前走的紅蓮，看到前方的身影，不禁驚訝得說不出話來。
那不是他們認識的少年。
「到底發生了什麼事……！」
紅蓮想起昌浩曾說過的話。
珂神是大蛇！
原來的靈魂，擁有昌浩曾經堅持呼喚的名字——比古。而今，那個靈魂不見了。

昌浩的表情扭曲。

「比古……為什麼……」

珂神只是默默地笑著。

思緒混亂的昌浩抱著頭大叫：

「珂神比古，你——！」

忽然，一道閃光在昌浩的腦中爆開。

珂神比古；珂神是大蛇。

珂神比古是大蛇，那個名字說明了一切。這是自己在無意中說出來的言靈。

珂神比古。珂神的比古。

昌浩瞠目結舌。

「你是……」

珂神比古納悶地皺起眉。昌浩對著裡面的靈魂沉重地低喃著：

「蛇身⑥……比古……！」

比古不是珂神——比古不是蛇身。

比古就是比古。不是被稱為蛇身、被當成蛇身的容器，而是有心、有靈魂，跟自己一樣的人類。

從什麼都沒察覺的時候開始，昌浩一直想說的就是這個。
昌浩緊握著拳頭，眼神中滿是激動。
「你把比古怎麼樣了?!」
珂神猛然舉起手，嚴厲地下令：「兄弟，吃光他們！」
在他的召喚下，又出現了兩個頭。
再度降臨的八個頭齊聲咆哮。
珂神搭配轟然雷動的聲音，像朗誦般嚴肅地說：
「我就是珂神比古。」
咯咯笑聲哽在喉嚨裡。
「是為了成為此地被喚醒的荒魂核心而存在之身軀。」
九流族人民擁戴的不是人類大王。
大王不需要人類的心，大王不需要人類的靈魂。因為，九流族的大王就是八岐大蛇荒魂。
但是，大蛇被天津神打入了黃泉之國。
九流族人民想，蛇神光是待在這裡，人們就會害怕、就會疏離。
那麼，只要以人類的模樣出現就行了。

把力量最強的人當成荒魂的容器，將荒魂的力量、靈魂都收在裡面就行了。

收在人類容器之中的荒魂力量，應該會實現子民的願望，繼續守護他們。

於是，代代族長都繼承「珂神比古」的名字，背負起成為「蛇身」的使命。

所謂祭祀王，就是祭祀荒魂的人，就是把自己的生命當成供品，祭祀自己體內荒魂的人。

然而，隨著九流族力量的逐漸衰退，便生不出擁有足夠力量成為容器的孩子了。

珂神是九流族最後的後裔，也是相隔好幾年後才誕生的、足以成為容器的孩子。

當珂神還在母親體內時，荒魂就來下過神諭了。

珂神比古不是人類選出來的，而是由身在黃泉之國的蒼古大妖所決定的。

「比古！」

昌浩焦躁地大叫。珂神斜瞪他一眼，冷冷地說：

「不要叫那個名字，聽了就煩。我是珂神比古，不是這之外的任何人。」

那是殘酷的宣示。

與昌浩劍刃相接的比古已經不在了。那個救了昌浩、有點笨拙卻溫柔的少年，在族人誓願的名義下，不得不把自己的身體讓給了可怕的大妖。

昌浩甩甩頭說：「不對！那是比古的身體，不是你的！」

珂神興致盎然地看著義憤填膺的昌浩，再轉向茫然望著自己的女人。

然後他瞇起眼睛，轉移視線。

剛才與風音劍刃相接的真鐵，看著珂神的表情出奇地緊繃。

珂神揚起了嘴角。

「真鐵，你幹嘛那麼驚訝？你本來就知道吧？」

淡然一笑的珂神，眼底飄浮著紅色螢火蟲。

「因為知道，所以你下了冷酷的決定，讓珂神比古覺醒。」

紅蓮發現真鐵握劍的手特別使力，疑惑地皺起了眉頭。

蛇頭又慢慢地逼近了。

紅蓮岔岔地咂咂舌，舉起右手。額頭上沒有金箍的他，現在放射出來的是不受約束的煉獄火柱。

「雖然八個頭都現身了，但也還不是完整體。」

熊熊燃燒的火焰瞬間就吞噬了兩個頭。

「無論如何，我都會殲滅你們！」

紅蓮放聲怒吼。

站在第六個頭上面的珂神俯瞰著攻向自己的鼠輩們，露出可笑到極點般的眼神嘲笑

著：「我們兄弟從神治時代就開始統御這片土地，你說你想殲滅我們？天津神還有可能，以你那種能耐，少在這裡說大話。」

一隻烏鴉從雨中飛出來，停在口出狂言的珂神肩上。

珂神瞥一眼拍振翅膀的烏鴉，很掃興似地皺起了眉頭。

「真赭啊？沒事別來煩我嘛……」

說到這裡，珂神的表情僵住了。

「什麼……」

珂神啐地咂咂舌，單腳蹲下，低聲對第六個頭下令。

蛇頭轉過蛇身，朝烏髮峰前進。

「兄弟們，把那些滑頭的鼠輩全吃了。」

七個頭與高采烈地咆哮著。

白虎與太陰邊操縱著風擊退蛇頭，邊尋找大蛇的弱點。毫無章法地攻擊，只會消耗自己的力量。既然碰上強敵，光憑蠻力硬拚也沒什麼意義。

除此之外，就只能仰賴騰蛇的火焰。

火柱衝上天際，被火焰包圍的蛇頭痛苦地翻滾掙扎著，但下個不停的雨很快就澆弱了火勢。

「可惡，雨是一大阻礙！」紅蓮狠狠咒罵後，對兩名風將大喊：「想辦法阻擋這場雨！」

太陰與白虎面面相覷，然後一起抬頭望著天空。

在這之前，黑雲中一直有螢火蟲飄浮。現在大蛇的八個頭都降臨了，雲中應該什麼都沒有了。

「太陰，動手！」

這個少女可以生出比自己強勁的風。

少女外型的神將太陰從全身迸出了暴風般的神氣。

「哇啊啊啊！」

注入全力的巨大龍捲風，襲向籠罩在天空的黑雲。

重重覆蓋著天空的雲產生了龜裂。

只有龜裂部分不再下雨，紅蓮把握這僅有的縫隙，以白火焰龍攻擊痛苦掙扎的全盲蛇頭。

臨走前看到這一幕的珂神鐵青著臉，咂咂舌說：「真沒用……」

說完，就跟第六個頭一起消失在樹林間了，昌浩立刻飛步追趕。

「慢著！」

真鐵想要阻攔昌浩，被揮舞鋼劍的風音擋住了。

「我不會讓你過去。」

風音說得斬釘截鐵，真鐵瞬間縮短兩人之間的距離，撲向風音胸前。風音倒抽一口氣，視野忽然被深色靈布遮蓋住。

是六合以銀槍架開了真鐵的劍。他滑入風音與真鐵之間，接住真鐵連連出招的劍擊，反彈回去。

神將不能傷害人類，但是可以抵擋對方的攻擊，保護風音。

白虎看到昌浩去追比古，指著他大叫：「太陰，快追！」

太陰會意過來，火速追上去，呼嘯著飛過了天空，接著在昌浩身旁降落。

「昌浩，停下來！」

「不行！」

被昌浩一口拒絕，太陰氣到想跺腳。

「你……真是……」

傳來樹木被強行推倒的啪嘰啪嘰聲。

多由良抖動耳朵，停下腳步觀察四周。

「怎麼了？多由良。」

灰黑狼小心翼翼地豎起耳朵，轉頭對驚訝的彰子說：「有什麼東西過來了……」

雨聲中夾帶著樹木被剝裂般的聲響，很近了。

多由良屏氣凝神地緩步前進，尋找聲音來源。

就快離開烏髮峰了。

多由良稍微加快速度往前衝，彰子緊緊抓著它的背，咬住了嘴唇。

——彰子，妳害怕嗎？

茂由良擔心地問，彰子輕輕點頭。

從來沒有這麼害怕過。以前在異界被怪和尚追殺時也很可怕，可是，那時候有猿鬼和獨角鬼陪著她，感覺還可以忍受。現在，沒有任何人陪著她。

想到這裡，彰子眨了眨眼睛。

灰白狼的身影與疾馳的多由良重疊在一起。

茂由良轉過頭，關心地看著她。

彰子搖了搖頭。

跟那時候一樣，現在的自己也不是一個人。

這麼一想，不可思議地，就不覺得那麼害怕了。

沒事的。彰子告訴自己，只要還能想「沒事」，就不會有事。

絕不可以放棄，一直以來都是這樣撐過來的，而且……

彰子微微一笑。

自己也覺得這樣很可笑，可是……

當她真的很害怕、真的很難過、真的很絕望的時候，昌浩一定會趕來。

一直以來都是這樣，所以彰子深信不疑。

「嗚……」

她淚水盈眶。就算一直以來都是這樣，也不能保證今後都是這樣啊！昌浩根本不知道自己在這裡，他怎麼會想到應該待在京城的彰子，竟然會出現在出雲呢？

連自己到現在都還難以相信。

忽然，多由良停下來了。

因為反作用力，彰子差點摔下來，幸虧被茂由良擋住。

「謝謝……」

彰子抬起頭，發現多由良全身嘎噠嘎噠地顫抖著。

彰子尾隨灰黑狼的視線望過去，不由得縮起了肩膀。

珂神站在那裡。

沉穩微笑的珂神，帶領著大蛇的蛇頭。
多由良後退一步，珂神把眼睛瞇得更細了。
「怎麼了？狼。」
溫柔的語調讓人毛骨悚然。
——糟了，彰子，快逃。
茂由良催促彰子從多由良的背上下來。
珂神直直盯著他們，先看看多由良，再看看彰子，嚴厲地說：
「那是用來讓荒魂永遠留在這世上的祭品。」
多由良屏住氣息。彰子嚇出了冷汗，雖然全身早已淋濕，覆蓋肌膚的卻是另一種冰冷的感覺。
她試著拖動僵硬的腳，但全身不聽使喚，沉重得像石頭一般。
——快點啊，彰子！
茂由良大叫，多由良也用長長的尾巴推動彰子的腰。
「快走！」
有多由良的聲音在背後推動，彰子沒命地向前衝。
看到彰子的身影消失在樹林間，珂神把視線轉向多由良，兇狠地說：「替我懲罰這個叛徒！」在他背後的蛇頭緩緩張開了大嘴。
「我的兄弟才剛獲得實體，有你這樣的食物，多少也能果腹吧！」珂神拔起腰間的筆架叉，轉過身去。「不想死的話，就別讓它逃了，兄弟。」
他轉頭往後瞧，看到第六個頭的紅色眼睛閃閃發亮，舌頭一伸一縮。
多由良慢慢後退，趁隙拔腿奔馳。
第六個頭喜孜孜地跟在後面追。

### 小怪的陰陽講座

⑥「蛇身」的日文發音與「珂神」一樣，都是KAGAMI。原來比古在還沒出生之前，就注定背負了如此不堪的命運，真是令人感嘆啊！

# 11

在視野被雨遮蔽的山中，彰子拚命奔馳著。

樹木劈啪劈啪碎裂的聲音愈來愈靠近。珂神是故意發出那樣的聲音，企圖在心理上壓迫彰子。

保持正好看不見的距離，刻意製造聲音。被追逐的獵物聽到了那樣的聲音，就會逃得更快。

但是，被追的一方不會想到這些。

只會漫無目的地逃，想逃得愈遠愈好。

不知道跑了多久，每隔一段時間就會聽見的聲音停止了。發現不再有聲音，彰子一時還期望是珂神放棄了追逐。

然而，那是不可能實現的願望。

一個身影降落在彰子前方。

「唔……！」

彰子慘叫一聲向後退，出現在她面前的珂神看著她因恐懼而扭曲的臉，忍不住低聲笑了起來。

珂神把筆架叉放在彰子腳邊，對驚恐的她說：

「撿起來吧！撿起來刺我吧！這樣妳說不定就可以逃走了。」

就像跟小孩子說話一般，珂神放慢語調，同時慢慢逼近了彰子。

筆架叉就在地上。

彰子不由自主地抓起了筆架叉，比想像中重很多。她這才深切感受到：啊！勾陣果然是非人的十二神將。

她想起勾陣輕鬆自如地揮舞這把筆架叉的動作。據說，平常在自己面前總是表現得很沉著的勾陣，在十二神將中是排名第二強。

當昌浩告訴她這件事時，她曾問過誰是第一強。

昌浩面有難色地沉吟了好一會才回答她。

——是騰蛇，十二神將的騰蛇，非常強。

對吧？小怪？昌浩戳戳在旁邊縮成一團的小怪。彰子說：

——那麼，一定跟勾陣一樣溫柔。

不知道為什麼，那時昌浩滿臉驚訝，眼神柔和地笑著說：是啊！

彰子雖然住在安倍家，但並不認識所有的十二神將。也沒有必要認識，因為重要的

事，昌浩或晴明都會告訴她。
知道兩人都很關愛自己，這樣就夠了。
神將們也都以自己的方式在關心彰子。那些不認識的神將，應該是大家認為彰子沒必要知道，所以沒告訴她。
而且……
「吁……快……快跑不動了！」
儘管喉嚨吁吁喘著氣，彰子還是沒停下腳步。
被抓到就完了。
聽到嘎沙聲響，彰子倒抽一口氣。
頭部一陣銳利的疼痛。
「唔……！」
彰子失聲慘叫，轉頭往後看。
沾滿泥土的髮尾被珂神粗暴地抓住了。
珂神用力一拉，彰子的上身瞬間往後仰，脖子被硬生生扯住，不能呼吸。
「……唔……！」
「這樣就完了？不能讓我多玩一下嗎？這樣哪能打發時間呢？」

彰子淚汪汪地看著珂神。

她握緊手上的筆架叉，狠狠地揮出去。

「……啊！」

嘎嚓一聲，斬斷了被抓住的頭髮。

因反作用力而跌倒的彰子雙膝著地，但很快就再站起來，踉蹌地往前跑。

珂神沒想到她竟然會有這種舉動，一屁股跌坐在地上，瞠目結舌。

女人竟然會犧牲頭髮。

他咯咯咯地笑了起來。

「真可憐，害怕成這樣……」

帶著嘲笑的聲音融入雨中。

他將被切斷的頭髮隨手一丟，又繼續去追彰子。

中途跟丟了珂神與蛇頭的太陰和昌浩，撞見從樹林衝出來的狼，大吃一驚。

「唔哇！」

「呀！」

像黑夜般陰暗的森林裡突然跑出一團東西，任誰都會嚇得魂飛魄散。

跌跌撞撞衝出來的狼被泥濘絆住，向前撲倒。吁吁喘著氣的狼，灰黑色的毛上到處都是斑斑點點的鮮血。

太陰和昌浩都認識這隻狼。

「它是真鐵喊它『多由良』的那隻狼……」

「應該還有一隻，白色的，珂神叫它茂由良。」

聽到兩人的聲音，多由良緩緩張開眼睛，認出是昌浩後，烏黑的眼睛猛然張大了。

昌浩和太陰立刻往後跳開。

這傢伙是敵人。

多由良搖搖晃晃地站起來，往昌浩走去。

「你、你……」

太陰擋在昌浩前面。

「你不要過來！再過來，我就殺了你！」

纏繞在太陰手上的風，化為銳利的刀刃。呼呼低鳴等著被射出去的風刃，對準了多由良的眉間與喉頭。

灰黑狼卻看也不看太陰一眼，只注視著昌浩。

「你……你是昌浩？」

「咦？」

突然被叫到名字，昌浩驚訝地皺起眉頭。比古知道他的名字，所以狼知道也不稀奇，只是覺得狼會叫他的名字很奇怪。

多由良的前腳不停地顫抖著，好像隨時會昏過去。下個不停的雨滑過灰黑色的毛，紅紅濁濁地滴下來。

因為毛是灰黑色，所以看不太出來，它應該是受傷了。

「你怎麼會……」

才剛開口跟它說話，第六個頭就推倒樹木衝過來了。

「大蛇！」

太陰的慘叫被大蛇的咆哮聲掩蓋住。

大蛇把緩緩轉過來的狼拋出去，齜牙咧嘴地斜瞪著昌浩和太陰。

太陰大叫：

「不要過來——！」

瞬間颳起的龍捲風攻入大蛇的嘴。刺進喉嚨的龍捲風貫穿了大蛇的頭，在頭後方濺開紅色飛沫。

然而，大蛇還不放棄攻擊，紅色眼睛似乎在嘲笑兩人，這樣還打不倒它。

昌浩結起手印。

「嗡……」

忽然，胸口一陣衝擊。

承受不了衝擊的道反丸玉微微震顫著，潛藏在昌浩體內深處的異形火焰，也隨著情感起伏而逐漸高漲。

「嗡、吧卡亞基夏、吧沙啦吧達吧、賈溫邦叩庫、哈啦尾夏、溫——！」

超越昌浩原有靈力的龐大神氣，冒著火焰般的蒸騰熱氣爆開了！

逼近眼前的第六個頭發出慘叫聲，被炸飛出去。

四射的灰白閃光很快就平息了。

同時，昌浩胸前也發出龜裂的聲響。

昌浩虛脫地跪了下來，太陰大驚失色地衝向他。

「昌浩，振作點！」

昌浩氣喘吁吁地壓住急速的心跳，抬起頭說：

「我沒事……只是丸玉裂開了。」

擦去額頭上的冰涼雨水和汗水後，昌浩站起來，跑向被大蛇凌虐的狼。

狼躺在地上，已經連動都不能動了，但是一看到昌浩過來，眼睛立刻湧現活力。

「昌浩……如果你是昌浩……」

灰黑狼多由良拚命舉起不聽使喚的前腳，指著一個方向。

「在那裡……」

「什麼在那裡？」

狼連咳數聲，吐出來的氣帶著血沫，好不容易才從喉嚨擠出話來。

「彰子……在那裡……」

昌浩的眼神一片茫然。旁邊的太陰聽不懂狼在說什麼，頻頻眨著眼睛。

昌浩動作僵硬地搖晃著咯咯咳個不停的狼。

「你……你說什麼？」

胸口產生脈動。

他有預感。

是關於回去的珂神。

除此之外，還有另一個──

是使他的心重重凝結的預感。

大腦中，有誰在叫著「不可能」。

這裡是遠離京城的出雲，自己離開家時，彰子還在那裡送自己出門。

她怎麼可能在這裡？分明是狼胡說八道。
沒錯！有個聲音這麼大叫，卻也有個聲音告訴昌浩：
快去、趕快去，不然就來不及了。
在心底深處、在那更深處，潛藏於火焰中的某種東西催促著昌浩。
「快去……不然……」
奄奄一息的多由良又接著說：
「珂神……在追彰子……」
太陰驚愕地倒抽一口氣。
昌浩聽見，馬上飛奔而去。
反應不過來而被拋下的太陰，訝異地望著昌浩離去。
「啊……昌浩，等等！」
昌浩完全不理會太陰的叫喚，很快就消失在黑暗中了。
太陰想馬上追上去，又放不下狼，猶豫不決。
「怎、怎麼辦？這傢伙雖然是敵人……」
就在這一瞬間，剛才明明已被殲滅的第六個頭，又以百孔千瘡的殘破模樣撲了過來。

「哇——！」

彰子沒命地往前跑。

她認為自己在跑，其實腳已經不太能動了，就像失去感覺的秤錘。她只能拖著那樣的腳，踉踉蹌蹌地前進。

長度原本快到腳踝的頭髮變短了，只剩下一半，還不到腰部。長短不齊的頭髮被雨淋濕、貼在背上的模樣，看在珂神眼裡覺得很有趣。

每當搖搖晃晃的彰子倒下來時，珂神就會故意停下腳步，等她站起來。

而她已經受盡折磨，沒有餘力發現珂神這樣的舉動了。

抓著樹木死命逃亡的她，最後還是被泥濘絆住，趴倒在地上。

她靠手的力量撐起上半身，做最後的掙扎。

想抓住附近的樹枝支撐著站起來，卻又因為下雨，樹很滑，手沒辦法使力。

她把手中的筆架叉抱在懷裡，勇敢地面向珂神。

意識有點模糊了，全身又痛，已經連一步也無法前進了。

她靠手肘支撐，稍微往後退，但是路被不知道名字的樹幹擋住了。

氣喘吁吁的她把背靠在樹幹上，使出全身力量握緊筆架叉。

使用這個武器的人武功高強，在十二神將中排名第二。

排名第一的神將，她只知道名字，但是她一點都不在乎。

因為她重視身旁的人們，更勝過出沒無常的十二神將。

和藹可親的吉昌和露樹，像真正的祖父般守護自己的晴明，跟隨晴明、性格多樣的十二神將，最想在一起的昌浩，還有總是跟在昌浩身旁的小怪，都很關心自己。

看到茂由良時，她就覺得跟小怪的毛很像。只是，狼的眼睛是烏黑的，和小怪完全不一樣。

不過，她還是覺得被昌浩說成夕陽色的那雙紅眼睛，比烏黑的眼睛漂亮。

剛才想到昌浩、小怪……啊！對了，還有小妖們也都很關心自己，昌浩的哥哥們也是。

所以她必須回去，回到大家等著她的地方。

絕對要回去——

「差不多玩膩了，該結束了。」

珂神意興闌珊地聳聳肩，搶走彰子手中的筆架叉。

然後將筆架叉的劍尖抵在動也不動的彰子胸前。

珂神淡淡一笑，眼睛似乎在瞬間變回了黑色，但很快又變成紅光閃閃。

「……真是無聊。」

珂神如嘲弄般吐出這句話，瞇起了眼睛。

「幹嘛想知道是誰殺了那隻狼？想殺了那個人嗎？既然這樣，我就替你殺了他。」

這樣自言自語後，珂神閉上了眼睛。

再緩緩張開時，眼睛已經完全變成紅色。

彰子眼睛眨也不眨地看著他，她認得那對眼睛的顏色。

珂神無比溫柔地對表情扭曲、咬著嘴唇的彰子說：

「很快就結束了，所以妳不必怕。」

雨不停地下著，雷光劃過，珂神往上舉的筆架叉劍尖微光閃動。

✖ ✖ ✖

有件事，我怎麼樣都不想做。

那是至今還在耳邊繚繞的聲音；是小時候聽到的最沉重的叮嚀。

要銘記在心，任何事都可以推翻顛覆，唯獨這件事絕不能犯。

不管發生什麼事都不可以。

不可以用法術傷人——

哀號般的慘叫聲與雷聲重疊，在山中回響。

✖　✖　✖

灰白閃光迸射。

一陣勁道奇大的衝擊襲向玝神。

「——唔！」

從側面狠狠打過來的靈擊漩渦，瞬間就把包圍著他的大蛇妖氣擊碎了。

玝神血沫飛濺，連翻了好幾個觔斗，就那樣躺在地上呻吟著。

彰子茫然地看著眼前的情景。

有腳步聲混雜在雨中，慢慢靠近。

彰子緩緩轉過頭，看到臉色似雪般蒼白、肩膀上下劇烈抖動的少年。

她無法拉開視線。

那雙望著她的眼眸之中燃燒著灰白色火焰。她見過那異常的凌亂呼吸，也見過剛才那股奇特的力量。

顫抖的嘴唇想呼喊他的名字，卻卡在僵硬的喉嚨裡。

她努力伸出被雨淋得冷冰冰的手，哭喪著臉。

「……唔！」

昌浩邊喘著氣，邊確認似地緩緩移動腳步。

一步步往前走的他心中充斥著焦慮，深怕自己走到時，她已經消失了。

——不可以用法術傷人……

他一直銘記在心，唯獨這件事絕不能犯。

因此，與比古對峙時，他不用法術而用劍。

然而，小怪的聲音也在耳邊回響，強度不輸給晴明。

「與其讓你或晴明動手，我認為還不如由我來做，即使這樣的想法會觸犯天條。」

即使要捨棄更重要的東西。

因為有不惜那麼做也想守護的人——

「……啊……」

終於到了伸手可及的距離，還像痙攣般喘著氣的昌浩，用全身力量抱住了狼狽不堪的彰子。

「彰子……！」

彰子緊抓著全身濕透的昌浩，表情扭成一團，吸口氣說：

「……昌……浩……」

儘管全身被雨淋濕、儘管傷得如此嚴重，彼此的冰冷體溫與擁抱的力量，卻都是真實的。

「彰子……彰子，妳怎麼會在這裡？」

彰子哭著搖搖頭說：

「不知道、我不知道，我自己也不知道為什麼在這裡。」

不斷顫抖的背上，是被殘酷削去的頭髮，看得昌浩目瞪口呆。

全身是血、倒在地上動也不動的玎神，身旁有把武器。

昌浩倒抽了一口氣。

那是勾陣遺落在瀑布裡的筆架叉。

彰子隨著昌浩的視線望過去，顫抖地說：

「就是那把武器殺了茂由良！」

心跳在胸口深處撲通撲通地加速。

# 12

看見的是蕩漾的水波。

張開眼睛的神將勾陣，冷靜地分析自己現在逐漸浮上水面的情況。

回顧中斷前的記憶，她所下的結論是：「自己似乎遭到了報復。」

邊思考邊浮出水面的勾陣吐出灌入嘴裡的水，撩起前額的頭髮。

腳還踩得到底，可見她沒有被放到太深的地方。

看到胸口以下全泡在水裡，勾陣沉下臉，環顧四周。

心想如果看見他，就二話不說叫他三倍奉還，但是很遺憾，沒看到他。

勾陣不悅地咂咂舌，走出了湖面。

才踏上岸邊，背後就濺起了水花。

她回頭看是怎麼回事，眼前是剛才可能也浸泡在湖底的大蜈蚣，正揚起頭東張西望。

「你好像痊癒了呢！大蜈蚣。」

大蜈蚣發現岸邊的神將，懷疑地偏著頭問：

「神將，妳為什麼也全身濕透了？」

對於蜈蚣直率的發問，勾陣只回以呆滯的眼神。

她覺得自己的個性算是寬容了。

討厭不合情理的事，也不喜歡強迫人家做不喜歡的事。

然而，還是有例外。

譬如說，有人明明遍體鱗傷，卻還強撐著要到處走動，她就揮拳打昏那個人，讓他安靜下來，再把他丟進湖裡。

過去，她不是沒做過這樣的事，但也還在可接受的範圍內。

「竟然因此遭到報復，一想到就氣。」

勾陣狠狠地瞇起眼睛，低聲咒罵著，確定疼痛的肩膀完全康復了。

如果這樣還有地方沒治好，等一下就去找他算帳。

「幸虧是治好了，要不然他就等著瞧，我都說不要了，他竟敢當耳邊風。」

紅蓮在場的話，一定會反駁她這些不講道理的說詞。

不過，男人向來說不過女人。他就是了解這個道理，才會靠腕力解決，由此來看，要贏還是得靠武力。

不過，他應該也會反省，沒考慮到事後的報復，是他小小的失策。
勾陣大步大步地往前走，打開正殿的門進去，停在窗台上的烏鴉立刻展開了翅膀。
「哦，神將，妳痊癒了啊？」
剛才也對大蜈蚣說過同樣台詞的勾陣默默點了點頭。
「安倍晴明在裡面看顧其他神將。」
「什麼？」
勾陣訝異地偏著頭說，然後對烏鴉揮揮手，就趕快往裡面走了。
進去前她先敲門，裡面有人回應說：
「門沒鎖。」
「喂，晴明。」
勾陣一開門就叫喚晴明，接著便看到躺在床上和長椅上的同袍，驚訝得說不出話來。
他們兩個應該正在用波動牢籠困住大蛇的第一個頭。
「晴明，這是……」
晴明嗯地點點頭，拍拍她的肩膀說：
「他們已經撐到極限了，所以我讓昌浩和紅蓮去接替他們。」

晴明呼地嘆口氣，神情憂鬱。

「到現在都還沒回來……不知道發生什麼事了。」

勾陣眉頭深鎖。

「晴明，既然知道，就要採取行動呀！」

晴明聽出勾陣的語氣不太好，訝異地眨了眨眼睛。

開著門不關，就那樣站在門口，也不像平常的她。

晴明指指空椅子要她坐下，接著雙臂環抱胸前說：

「總不能丟下天一和玄武不管，所以，我用的是這裡。」

晴明咚咚敲一下自己的頭，瞇起眼睛，微微一笑。

環抱雙臂、蹺著腳的勾陣還是擺著一張臭臉說：

「沒錯，如果現在由你來採取行動，實在教人擔心，還不如讓昌浩他們去，可是以經驗來說，沒有人勝得過你。」

「嗯，所以我想過。」

已經對比古大神誇下海口，一定會殲滅大蛇，現在可不能說做不到就算了。

打從一開始，他就不打算說做不到，所以也沒必要先想好藉口，但是，總得展現成果。

勾陣懷疑地看著面有難色的晴明。

「想點符合理論的策略嘛！你可是我們十二神將追隨的大陰陽師呢！要想出那種不會被任何人恥笑的策略。」

「妳的要求還真多呢！」

晴明有些無奈地皺起眉頭，指向桌上簡單排列的幾顆石頭。

那是出雲石。不是昌浩和晴明身上的丸玉，而是紅色管玉、碧綠勾玉等玉石，排列在白紙上。

勾陣拿起其中一顆玉石，仔細看了看，說：

「常看到丸玉和勾玉，管玉在京城就不常見了。」

晴明拿起管玉，透過光線觀看，點點頭說：

「大半是在神社或擔任神職的人手中，一般老百姓不太熟悉這種東西。」

出雲的手工藝品，一般老百姓本來就不太容易取得。

晴明在掌心滾動著丸玉，表情忽然正經起來。

「蛇神是……水性。」

語氣一百八十度大轉變。

勾陣也挺直了背脊，不過她還是蹺著腳，雙臂環抱胸前。晴明從來沒有責備過神將們這樣的態度，因為必須認真聆聽的時候，不用他說，神將們也會正襟危坐。

八岐大蛇雖然是蒼古大妖，還是可以用五行來歸納它的屬性。

水剋火，土剋水。

十二神將最強的騰蛇很難徹底殲滅大蛇，就是因為這樣的法則。水與火怎麼樣都很難相容，而且，水還剋火。

勾陣是土將，所以力量夠強的話，本質上是可以凌駕大蛇。然而，大蛇畢竟是神治時代的大妖，所以老實說，區區神將根本不是對手。

集合所有鬥將的力量，也是方法之一。但是，現在召喚需要時間，而且當事人會不會乖乖配合召喚，也是一大難題。

因為當事人恐怕正在鬧脾氣，在這種狀態下，不管他說什麼都沒有用。

在手上把玩後，晴明將石頭放回桌上，切入事情核心。

「基於土剋水的道理，我想借用出雲石的力量，再請大神製作武器，或許多少會有加分效果，妳覺得呢？」

「慢著……」勾陣忽然舉起一隻手，「你的意思是，你會儘可能作好準備，要我奮力殺敵？」

勾陣說得簡單扼要，晴明也簡單扼要地回答：

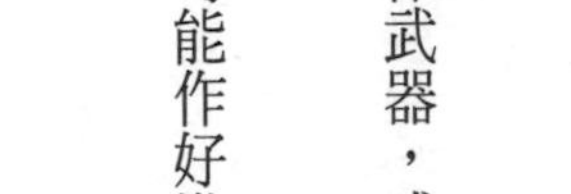

「嗯，簡單來說就是這樣。」

「喂……」

勾陣不由得靠在椅背上，整個人向後仰。

再坐正後，她把手肘抵在膝上，翻著白眼說：

「土剋水是法則沒錯，但是，最後還是要靠內在力量的強弱分勝負。要不然，我們之中最強的騰蛇不是早就該輸給天后跟玄武了？」

勾陣的回答顯然是難以贊同，老人沮喪地垂下肩膀。

「果然行不通。」

看來，他早就知道會是這樣的結果了。

勾陣鬆了口氣。幸虧晴明不是說得很認真，要不然，她恐怕會冷言冷語地請這位曠世大陰陽師再好好研讀五行大義。

晴明沉吟了一會，偏著頭豎起食指，對如釋重負的勾陣說：

「試試也無妨吧？」

「……」

勾陣只能回以沉默。

怎麼辦？如果這五十年來都錯看了主人的素質與氣度，該怎麼辦？

最好是可以不要陷入「被騙」的痛苦掙扎。

面無表情的勾陣，內心其實非常憂慮，晴明吊兒郎當地說：

「好了，不跟你開玩笑了。」

「……你、你到底想怎麼樣？」

竭盡所能克制自己的勾陣，成功地強迫自己保持平靜地回應晴明。

靜下心來深呼吸後，勾陣努力平撫情緒。

漸漸地，她終於發現自己被晴明當猴子耍，因為自己的焦躁全表現在臉上，所以晴明就愈玩愈起勁了。

這時候她也覺得晴明的確是隻老狐狸，只是感覺沒昌浩那麼深刻。

晴明看她逐漸恢復平靜，便指著桌上的石頭說：

「妳或天一都做不到。紅蓮雖然是火將，但還是他最適合。」

「你要騰蛇做什麼？」

「我剛才說過，在土的屬性上加分，多少會有點效果。」

這些石頭都是向道反大神借來的。

由於用在實戰上，碎裂的危險性相當高，所以其實不是借來的，而是要來的。

「十二神將雖然居眾神之末，但畢竟也是神，與蒼古大妖對峙時，還是需要與神匹

敵的力量。」

勾陣深深嘆口氣說：

「沒錯，我也可以從旁協助，但是要我徹底殲滅大蛇，老實說，我還真辦不到。」

儘管屬性不合，紅蓮卻還是敢肯定地說他解除封印就可以殲滅四隻。在神將中，他的通天力量可以說是出類拔萃，不過，他本人很厭惡這股力量。

忽然，勾陣的眼皮抖動了一下。

如果擁有這股力量的人很愛炫耀自己的高強，態度又傲慢，會怎麼樣呢？應該會成為很大的威脅吧？

勾陣瞥一眼深思熟慮地轉動著出雲石的晴明，淡淡笑了起來。

既然神將的性格是決定於人類的思想，那麼，人類應該遠比神將們聰慧、精明吧！

伸手把彰子拉起來後，昌浩思考著該怎麼處理倒地的珂神。

「昌浩……」

彰子害怕地縮起身體，昌浩以眼神告訴她不用害怕，自己卻很煩惱。

就在這時候，纏繞著風的太陰趕來了。

「昌浩——！」

看到轉過身來的彰子，太陰驚訝得說不出話來。
彰子恍惚地點頭致意，咬住嘴唇。
被雨淋濕的頭髮貼在手臂上。那是自己為了逃命而剪斷的頭髮。
看到地上的筆架叉，太陰大叫一聲「啊」，替同袍撿起來。
「太陰，那隻狼呢？」
聽到昌浩這麼問，彰子眨了眨眼睛。
「多由良、多由良還好吧?!」
「還好，」太陰安撫激動的她說：「只是傷勢很嚴重，不能再拖了。」
彰子難過地掩住臉，昌浩輕輕握起她的手，閉上了眼睛。
然後，他像要拋開什麼似地甩甩頭，回頭對太陰說：
「先回聖域吧！中途可以把那隻狼帶走嗎？」
太陰瞪大了眼睛，最後還是敗給了彰子苦苦哀求的眼神。
「那麼，走啦！」
捲起的強風轉眼就把三人帶上了天空。
沒多久後，紅毛狼出現了。
真赭走向珂神，冷冷地說：

「起來，珂神比古。」

緊閉的眼睛隨之張開了，傷口已經不再流血。

珂神比古保持沉默，對紅毛狼冷冷地笑著。

✖　✖　✖

到了出仕時間，安倍成親快步走向皇宮。

可能是時段的關係，雖然是早上，路人卻沒什麼行人。

有三隻跟屁蟲趴躂趴躂地跟在成親後面。

乘勢跳到成親背上的猿鬼千辛萬苦地爬到肩膀，仰望著成親的臉。

獨角鬼和龍鬼也跳上去，分別抓住左手和右手。

成親對他們視而不見。

堂堂曆表博士，竟然一大早就被小妖們戲弄。依常理思考，他應該轉個方向回家，請凶日假，好好齋戒淨身。

但他完全不打算那麼做。只有想法像個陰陽師的成親瞪小妖們一眼說：

「幹嘛一大早來纏我？」

猿鬼舉手發言：「嗯，呃……昨天你有去看小姐吧？」

「有。」

右手臂上的獨角鬼說：「那麼，小姐的狀況怎麼樣呢？」

「如果狀況不太好，我們最好也不要去探望她吧？」左手臂上的龍鬼偏頭問。

成親嘆了口氣。

昌浩也好，藤花小姐也罷，都這麼受這些傢伙喜愛，算是頗有人氣吧！

問題是，每天這樣被纏著打探消息，也是很煩的事。

乾脆假裝什麼都不知道吧！

瞬間這麼想的成親，看到三隻小妖一副憂心忡忡的樣子，還是決定不為難它們，把真相告訴它們。

「老實說，我也不知道她的狀況怎麼樣。」

「咦，怎麼會這樣？」

他面向驚訝的猿鬼，嘆口氣說：

「她一直躺在床上，所以我沒見到她。不過，過一段時間，我會再去看她……」

# 後記

以Technicolor技術製作的彩色動畫「少年陰陽師」，簡稱「孫卡通」（哪像簡稱嘛），正發燒播映中。

ＡＴ－Ｘ卡通頻道也從一月開始播放，聽說Animate TV（http://www.animate.tv）還有在Web播放。為了連這些都看不到的觀眾，孫卡通ＤＶＤ也正暢銷販賣中，ＤＶＤ有分豪華版和普通版，我也在豪華版上做了種種努力。

裡面有會動的昌浩、會動的小怪、會動的紅蓮、會動的爺爺，請大家一定要看。

好久不見了，大家近來如何呢？我是結城光流。

在此獻上少年陰陽師第十八集。首先，進行例行事項。

第一名：安倍昌浩，還是一樣遙遙領先，紀錄會爬升到什麼程度呢？

第二名：十二神將的六合，沒有耀眼的表現，但成績穩定。

第三名：怪物小怪，以毫釐之差輸給六合，是否會逆轉呢？

之後是紅蓮、玄武、勾陣、茂由良、比古、結城、彰子、風音、太陰、青龍、年輕晴明、太裳、天一、篁、高淤、Tosshi（敏次）、天空翁、章子、天后。

這是《少年陰陽師》，怎麼會出現篁的名字呢？有這種疑問的人，請翻閱「天狐篇」⑦。

題外話，我是把使用離魂術時的晴明稱為「若晴明」（年輕晴明），把五十多前的晴明成為「若い晴明」（年輕時候的晴明）。有沒有「い」差很多，石田先生飾演「年輕晴明」一時，演技也完全不同，令人佩服。

「珂神篇」第四卷，劇情愈來愈精采了。

茂由良在上一集發生那種事，有很多讀者大叫「茂由良～！」。

所以，我想這次應該也有人大叫「比古～！」吧。

總算也可以更深入了解真鐵和多由良了。茂由良很可愛，多由良也很可愛，道反聖域的守護妖們也很可愛呢！動物都讓人喜歡。

責任編輯N川說：「這次該輪到多由良跟真鐵了吧！」所以封面就成了「男祭」（By N川）。自從「天狐篇」以來，敵方人物登上封面的次數愈來愈多了呢！我每次都看得神魂顛倒，心想原來那些人物就是這樣的感覺啊？

關於昌浩與彰子，有時寫著寫著就會不禁喃喃自語：「這是什麼『火焰的羅曼史』嗎？」

「偶爾這樣也不錯啊！沒想到彰子會那麼做。」（By N川）

說得也是。

最近的目標是「一冊一小妖」，因為不在京城就不能「一日一壓」……

在上一集，昌浩與比古有場熱血對打，我的朋友看完後的感想是：「男人還是要單挑，這樣才是少年漫畫的王道。」人必須隨時抱持崇高的理想，所以《少年陰陽師》是朝少年漫畫邁進。

配合上一集《真相之聲》的發行，舉辦了睽違已久的簽名會。

跟上次一樣，在東京與京都。我本來想，既然要辦就去九州、或者去更遠的出雲，但是很遺憾，還是去不了。

這次的簽名會還有來自台灣的讀者呢！我知道有國外的朋友寄感想到電台，不過，還是很驚訝也很開心，原來他們真的都有在看呢！

《少年陰陽師》有出泰文版和中文版，所以已經跨越國界了，真難以相信，希望哪天也可以去見見國外的讀者。

說到開頭也有稍微提到（稍微……？）的孫卡通，最值得一提的是窮奇！（怎麼會是它……）會動的窮奇、兇猛的窮奇、嘶吼的窮奇，怎麼看都是天下無敵帥。窮奇被擊倒時，我還顫抖地大叫：「可惡的昌浩……！」總有一天，我要寫出「Comeback窮奇」的心情（我很清楚自己有根筋不對！）。

電台少年陰陽師、Web都大受好評播放中。為無法收聽的人而製作的電台CD也正陸續發行，現在出到第二輯了。

還有、還有，聽說會發行Character song（角色歌），也會收錄朗讀劇。

PS2遊戲「少年陰陽師～歸天之翼」，將於二〇〇七年四月下旬發行。那之前，會先在三月下旬發行遊戲主題曲，曲名是〈ENISHI／Beside You〉，負責製作的樂團AciD FlavoR是先看過所有已出版的《少年陰陽師》小說才作詞作曲的，非常好聽，請大家一定要聽聽看。

「天狐篇」的劇情CD續集也正在企劃中。有限定期限成立的卡通「少年陰陽師」官方後援會，簡稱「孫部」，也非常活躍。

在去年冬天的Comic market⑧先發行的電腦桌面程式也要普遍發行了。還有很多周邊商品。不久前，終於有了我一直想要的扇子，所以，今年夏天會跟小怪一起度過。

所有的詳細訊息，都可以在http://seimeinomago.net（PC & Mobile通用，簡稱孫NET&孫手機）找到哦！

N川說，不要老寫卡通、電台、ＣＤ、Game 之類的事，要我也寫寫自己的事，所以我就來寫寫自己的事。

我在發售中的雜誌《The Beans 8》，寫了短篇和車之輔特寫的新作。

四月下旬Game發行後，將會忙得人仰馬翻，忙與Game相關的事、忙與卡通相關的事、忙閱讀種種書。非常、非常偶爾，孫ＮＥＴ也會有一些事吧？

在小說方面，如果《篁破幻草子》的朱焰完結篇與《少年陰陽師》的「珂神篇」第五卷可以連著出，不知道有多好……「珂神篇」下一集就完結了，很難得出得這麼順暢，所以編輯部好像正在擬定什麼「統統有獎」的企劃，大家要隨時查詢，千萬不要錯過了。

全部列出來後，有種事不關己的感覺，不，應該說不保持那樣的感覺，好像就會撐不下去，這樣的進度實在會累死人……

我會竭盡所能好好努力，所以也請各位努力跟上來，然後，把活力分一點點給我……

說真的，讀者感想的來信是很大的鼓勵。此外，也期待各位的人氣投票。

那麼，下一集再見了。

結城光流

## 小怪的陰陽講座

⑦結城老師有另一套很受歡迎的作品《篁破幻草子》，全套共有五集，主角名叫小野篁，表面上他是皇宮裡的新貴，其實另有一個不為人知的身分「冥府官吏」。帥氣的篁在「天狐篇」中有出來串場哦！

⑧Comic market是全世界最大型的同人作品展示販賣朝聖會，每年八月和十二月在東京台場的東京國際展示場舉行，免費入場。

## 「珂神篇」最終完結篇！

「荒魂」完全復活了！但是為了復仇不惜賭上一切的真鐵，心中卻萌生了某種疑惑。而比古覺醒成為深懷怨恨的「珂神比古」後，對昌浩展開了毫不留情的攻擊，彰子為了保護昌浩，挺身替他擋住致命的一擊！她的命運將會如何？昌浩會出手反擊曾經心靈相通的比古嗎？……


●中文版書封製作中

國家圖書館出版品預行編目資料

少年陰陽師.拾捌.嘆息之雨 / 結城光流著；涂愫芸譯. -- 初版. -- 臺北市：皇冠, 2010[民99].3
面;公分. --(皇冠叢書；第3954種　少年陰陽師；18)
譯自：少年陰陽師　嘆きの雨を薙ぎ払え
ISBN 978-957-33-2632-8(平裝)

861.57　　99001367

皇冠叢書第3954種
少年陰陽師 18

# 少年陰陽師——

## 嘆息之雨

少年陰陽師
嘆きの雨を薙ぎ払え
Shounen Onmyouji ⑱ Nageki no Ame wo Nagiharae




作　　者—結城光流
譯　　者—涂愫芸
發 行 人—平雲
出版發行—皇冠文化出版有限公司
台北市敦化北路120巷50號
電話◎02-27168888
郵撥帳號◎15261516號
皇冠出版社(香港)有限公司
香港上環文咸東街50號寶恒商業中心
23樓2301-3室
電話◎2529-1778　傳真◎2527-0904
出版統籌—盧春旭
責任編輯—丁慧瑋
版權負責—莊靜君
日文編輯—許秀英
美術設計—許惠芳
行銷企劃—李嘉琪
印　　務—陳碧瑩
校　　對—劉素芬・熊啟萍・丁慧瑋
著作完成日期—2007年
初版一刷日期—2010年3月


讀者服務傳真專線◎02-27150507
電腦編號◎501018
ISBN◎978-957-33-2632-8
Printed in Taiwan
本書特價◎新台幣199元/港幣67元